目覚めたら、ママになっていました

～一途な社長に子どもごと愛し尽くされています～

m a r m a l a d e b u n k o

河野美姫

マーマレード文庫

目次

目覚めたら、ママになっていました
～一途な社長に子どもごと愛し尽くされています～

目覚めたら、ママになっていました

～一途な社長に子どもごと愛し尽くされています～

プロローグ

数え切れるほどの星しか見えない、東京《とうきょう》の空の下。

夜の闇に溶け込んでしまいそうな漆黒の車が、煌びやかな街を抜けて大通りから一本逸れた道に入っていく。

フロントガラスの向こうには、煌々とした満月が浮かんでいた。十五夜を控える九月六日の夜空は、大都会のものとは思えないほどに私の目には美しく映る。

「美月《みづき》、どうかした?」

そんな景色を見ていると、左側から優しく声をかけられた。

運転中の彼――結城湊《ゆうきみなと》さんが、私にちらりと視線を遣ったあとで再び前を向く。その精悍な横顔に、胸がキュンと高鳴った。

「幸せを噛みしめてたんだ」

私――高梨《たかなし》美月の左手の薬指には、零れそうなほどのダイヤモンドが敷きつめられた美しい指輪が輝いている。

ほんの一時間ほど前、都内の高級ホテル『グラツィオーゾホテル』のフレンチレストランで、恋人である彼がプロポーズの言葉とともに贈ってくれたものだ。

私の心は、二十四年間で一番幸せな夜だと言い切れるほどの幸福感に包まれ、どうしたって喜びを隠し切れなかった。

「あんまり可愛いことを言わないで」

「だって……本当に幸せだから」

「俺も同じ気持ちだが、運転中でキスもできない俺の身になってくれ」

困り顔になった湊さんに、面映ゆい気持ちになる。

彼と付き合って、今日でちょうど一年。これまでにも幾度となくときめいてきたけれど、今夜ほどドキドキさせられたことはないかもしれない。

「そうやって余裕そうにしてるのもいいけど、帰ったら真っ先に美月を抱いてしまうかもしれないよ」

甘やかな誘惑に、鼓動が大きく跳ねる。

今夜は湊さんの家に泊まるため、レストランではあえてアルコールは飲まずに過ごし、このあと彼の家でゆっくりワインを楽しもうと約束している。

けれど、唇の端を持ち上げている湊さんを盗み見るようにすると、その約束は無事に果たされる気がしなかった。

「半分は冗談だ」

私の心の声を察したらしい湊さんが、クスクスと笑う。普段は冷静な表情ばかりの彼だけれど、こういうときの顔つきはとても柔らかくて心がくすぐったくなる。

「それに、焦る必要はないからね。近いうちに同じ家に帰るようになるんだ」

「うん、そうだね」

湊さんの家には何度も遊びに行ったことがあるけれど、これからはあの大きな一軒家に〝帰る〟ことになるのだと思うと笑みが零れた。

「今の家はひとりで住むには広すぎるから、早く引っ越しておいで。美月に『おかえり』って言ってもらえる日が待ち遠しいよ」

「私も湊さんに早く『ただいま』って言われたいな」

優しい空気を纏う車内に、何度も弾ける笑顔。歓喜に満ちた心の中で、こんなにも幸福でいいのかと思ってしまう。

それでも、この幸せを大切にしたい。

「あのね、湊さん。もしよかったら、親友に会ってくれないかな？」

ずっとお願いしたかったことを口にすれば、湊さんは快く頷いてくれた。

「もちろん。むしろ、俺はもっと早く美月の友人に紹介されたかったよ」

思わず苦笑してしまう。

ウェディング事業を展開している『ユウキウェディング』の代表取締役である彼と、ユウキウェディングの社員でウェディングプランナーの私。

私と湊さんでは釣り合わないことや、彼の立場がどうしても気になって、人知れず交際を続けてきた。

湊さんはずっと『気にしなくていい』と言ってくれていたのに、私の覚悟が決まらなかった。けれど、恋人だった彼が婚約者となった今、これからはお互いの大切な人たちにも会っていきたい。

それに、湊さんの周囲の人たちに認めてもらわなければいけないのだ。

湊さんのご両親が私との交際を反対しているのはなんとなく知っているため、不安はとても大きい。それでも私は、いくつもの縁談を蹴ってまで私を選んでくれた彼を信じて、一緒に歩んでいくと決めたのだから。

「これからはお互いの友人にも会おう。美月のご両親にも改めてご挨拶に伺うよ」

付き合って半年が経った頃、湊さんは私の両親に会ってくれていた。彼を気に入っている両親は、きっと大喜びするに違いない。

「ありがとう。私も湊さんのご両親に認めていただけるように頑張るね」

少し苦い顔をした湊さんから、それが安易なことではないのが見て取れた。

「美月……。なにがあっても俺の心は揺るがないから」

「うん。私も同じ気持ちだよ」

そんな中でも彼の想いが伝わってくる。だから、私たちならどんなことも乗り越えていけると信じていたかった。

「子どもが生まれたらどんな名前がいいかな」

不意に話題を変えた湊さんに、クスッと笑ってしまう。

わずかに重くなった空気を和らげようとしてくれた彼の優しさに、心が穏やかな温もりに包まれた。

「気が早いよ」

「そんなことはないだろ」

真剣な面持ちの湊さんが可愛い。

周囲からは冷静沈着だと思われている彼だけれど、実は動物が好きだったり素直に嫉妬したりと、付き合っていくうちにとても可愛いところがある人だと知った。

仕事では厳しい人だと周知されているのに、プライベートではとても優しく、話してみると意外と親しみやすい。ときには、くだらないことで笑い合ったり、少しだけムキになったりと、普通に人間らしい一面がたくさんある。

そんな湊さんだからこそ、私は彼にどんどん惹かれていったのだ。

「女の子なら、美月から一文字取って〝月〟ってつく名前がいいな」

「私たちが出会ったのも満月の夜だったしね」

「ああ、今でも鮮明に覚えてる。すごい血相の美月に気圧されて、言われるがまま動いた。あとで自社の社員だと知っておかしかったな」

私たちの出会いは約一年と二か月前――。

職場の帰り道にある公園の前でうずくまる老齢の男性を見つけ、駆け寄った私はその男性に声をかける傍ら、近くを歩いていた人に必死の形相で叫んだ。

『そこのあなた！　すぐに救急車を呼んで！　早くっ！』

その相手が湊さんだったのだ。

救急車で男性が運ばれていって冷静になったあと、協力を求めた人が自社の社長だと気づいたときには目を剝いた。

もっとも、彼の方は大勢いる社員のうちのひとりである私のことなんて認識していなかったけれど、数十分前よりもさらに必死の表情で謝罪したのをよく覚えている。

ところが、後日湊さんから食事に誘われて、驚きのあまり腰を抜かしそうだった。

それから二か月後には彼と付き合い、その一年後の今夜にプロポーズしてもらえることになるなんて、あの頃は想像だにしていなかった。

「もう……。あのときの顔は忘れてってば！」

楽しそうに笑っていた湊さんに拗ねた声音を向ければ、彼の面差しがいっそう懐かしげになる。

「忘れないよ、美月とのことなら全部覚えてる」

「そんなこと言って、いつか忘れちゃったらどうするの？」

悪戯な笑みを浮かべる湊さんに、私も冗談めかしてみせる。

「忘れない。絶対に」

すると、信号が赤になり、きっぱりと言い切った彼が私を見つめてきた。

どちらからともなく微笑み合い、言葉もなくそっとキスを交わした。

やがて信号が青に変わって、湊さんがどこか残念そうに前を向く。

彼は車を走らせながら、程なくしてふと思いついたような顔をした。

「男の子なら〝翼《つばさ》〟なんてどうだろう。晴れの日も雨の日も、そして月が輝く夜空にも大きく羽ばたいていけるように」

「うん……すごく素敵。湊さんって、意外とロマンチストだよね」

「それは美月の前だけだよ」

甘さを隠さない湊さんに、思わずはにかんでしまう。

ふたりでクスクスと笑って、ハンドルを握る彼の横顔を見つめた。

直後――。

「美月っ!!」

叫び声が鼓膜を突いた。

視界が湊さんの絶望感を浮かべたような顔で埋め尽くされるさなか、彼がプロポーズのときに紡いでくれた言葉が脳裏に過る。

『なによりも美月を大切にするし、なにがあっても美月を守るよ』

同時に耳をつんざく轟音とともに閃光が瞬き、これまでに経験したことがないほどの激しい衝撃が全身に走り抜けた。

最後に視界の端に映ったのは、幸せの象徴のごとく美しいエンゲージリング。

一瞬遅れて、真っ白な世界に叩き落とされるように意識を失った――。

一章　運命の再会

一、失くしたままの記憶

私には、ずっと失くしたままの記憶《もの》がある——。

大切なことだというのはわかっているのに、そこだけすっぽりと穴を空けたように空白で、一寸先も見えないほどの白い靄に覆われている。

何度も知りたいと思った反面、知らずにいた方がいいのかもしれないという気持ちもあって……。そのせいか、未だに知るべき真実にたどりつけていない。

心の片隅にはいつだって不安の種として埋まっているのに、気づけばそこに向き合うことが怖いと思うようになっていた。


寒さ厳しい、一月上旬。

目黒《めぐろ》駅前の小さなビルのとあるフロアでは、社員たちが慌ただしくしていた。

「高梨さん、五月分のスケジュールは全部押さえられた？」

「はい、なんとか上手くいきました。明日から六月分の調整ができそうです」

「よかったー。今日で決まらなかったらどうしようかと思った」

受話器を置いたばかりの私に、主任の森原《もりはら》さんはホッとしたように笑った。ふっくらとした彼女の頬が綻んだことで、私もようやく息をつく。

関東《かんとう》を中心に、十七店舗のブライダルサロンと十店舗の結婚式場を展開する、『グレンツェン』。

その本社の総務部で働く私たちは、電話応対や事務作業を始め、結婚式のヘアメイクの日程調整を行っている。

グレンツェンでは、ヘアメイクを担当するスタイリストは契約制で、複数人のフリーランススタッフでスケジュールをこなしてもらう。

新郎新婦を始め、希望があれば親族やゲストのヘアメイクも請け負うため、年間で千人ほどのスケジュールを管理しなくてはいけない。

式当日のキャンセルは滅多にないけれど、予行練習のリスケが必要になることはときどきある。そうなると、必然的に予定を組み直すことになる。

ただ、その段階ですでにスタイリストのスケジュールは決まっているから、式当日と同じスタッフのスケジュールを調整するのは至難の業だ。

逆に、スタイリストが急病になった場合など、こちら側にトラブルが起こったときのことを考え、代替えのスタッフを立てておく必要もある。

グレンツェンの本社に勤務する社員は二十名で、総務を担っているのは四十代前半の森原さんと私の他にふたりしかいないため、これがなかなか大変なのだ。

電話応対や事務作業に追われる日も少なくはないものの、スケジュール管理が一番厄介な業務で、なによりも苦手な作業だった。

「本当に急なキャンセルだけはやめてほしいわ……。ほとんどが仕方がない事情ばかりとはいえ、リスケが大変なんだもの」

森原さんの言葉に、深く相槌を打つ。

実は、今日も朝一番に来週の予行練習のキャンセルの申し出があり、代替え日を取るためにスケジュール調整をやり直していた。

キャンセルの理由は、だいたいが体調不良や仕事が多く、たまに身内の不幸や婚約破棄といったケースがある。仕事だからどうにか対応するけれど、キャンセルだけはやめてほしい……というのが私たちの本音だ。

今回もなんとか上手くいったものの、そのせいで後ろのスケジュールにも影響が出てしまい、三月から五月分の予定を調整し直した。

「高梨さんがプランナーだったときも、やっぱりキャンセルする人って結構いた？」

眉を下げた彼女に、苦笑混じりに小さく頷く。

「そうですね。ただ、前職のときは専属のヘアメイクスタッフが常駐してたので、スケジュール管理はもっとラクでした」

「そっか。うちも専属のスタッフを雇ってくれないかな」

森原さんはため息交じりに零すと、苦笑いを浮かべてパソコンに向き直った。


定時に会社を出ると、寒空の下を急いだ。

白い息を吐きながら、さきほど森原さんに言われたことを思い出し、ウェディングプランナー時代が懐かしくなった。

現在、私は夢だったプランナーを辞めて、グレンツェンの社員として働いている。

どうして今の職に就くことになったのかは、三年と四か月ほど前にまで遡る。

当時、二十四歳だった私は、交通事故に遭ったらしい。

〝らしい〟なんて曖昧にしか言えないのは、そのときの記憶がないから。

目を覚ますと病院のベッドの上にいて、全身が鈍く重い痛みに見舞われているのを感じ、起き上がることができなかった。

傍にいた母が泣いていたことだけはすぐに理解できたものの、自分がいったいなぜ見知らぬ天井の下にいるのかがわからない。

上手く声も出せずぼんやりとする思考の中、母から『タクシーに乗っていて事故に遭い、三日間も意識が戻らなかった』と聞かされ、動揺と困惑が押し寄せてきた。

怪我の程度は全治三週間ほど。ただ、頭を強打したことによる頸椎捻挫のせいで、首から上がほとんど動かせなかった。

その後、医師の診察と検査を受けると、事故に遭ったことを覚えていない……ということが判明した。

自分の名前や年齢、出身地や会社の名前はきちんと言えたのに、事故当時の状況だけが数日経ってもなにも思い出せなかったのだ。

自分がどうして事故現場付近にいたのか、なぜ普段は通ることのないような場所でタクシーに乗っていたのか。どこかに行こうとしていたところだったのか、それともどこかから帰ってくる途中だったのか……。

どれだけ考えてみても答えにはたどりつけず、最終的には解離性健忘――いわゆる記憶喪失と診断された。

『近いうちに思い出す可能性もありますが、生涯思い出せないままということもあります』

医師からそう聞かされたとき、両親は『よほどの恐怖を味わったに違いないから思い出さなくていい』と言ったけれど、私は不安で仕方がなかった。

外傷性のものではなかったため、日常生活には支障がないと言われたものの、記憶がぽっかりないというのは心許ない。

母は『三、四日の記憶がなくても生きていけるわよ』と励ましてくれたけれど、本当にそれで大丈夫なのか……と思わずにはいられなかった。

入院中に警察から事情聴取を受けたときにもあまり詳しい説明はされず、不安はますます大きくなった。

しかも、追い打ちをかけるように職場から解雇されてしまった。

病院までやってきた重役付きの秘書に『人員整理』であることを言い渡され、混乱したのは言うまでもない。怪我はまだ完治せず、事故当時の記憶もまったく思い出せない中、職を失ってしまったのだから……。

人員整理である以上、きっと取りつく島はない。

それはわかるけれど、自身の仕事が評価されていなかったのだと思い、ろくに食い下がることもできなかった。

ただ、大きなショックを受ける私に反し、両親がどこか安堵したように『しばらくゆっくりすればいい』と寄り添ってくれたことだけは救いだったかもしれない。

結局、記憶と職を失った状態で退院することになったのだった。

もっとも、私自身は落ち着いたらウェディングプランナーとして働ける再就職先を見つけるつもりでいた。

当時は、子どもの頃からの夢を叶えたばかりでまだ諦めたくはなかったから。

けれど——。

「あっ、ママ！」

その二か月後、事態は急変した。

「翼、ちゃんといい子にしてた？」

「うん！　ちゅーくんね、おべんと、ぜーんぶたべた！」

この春で三歳になる息子の翼が、得意げな笑顔で私を見上げてくる。その可愛さに癒され、つられて柔らかな笑みが零れた。

あの事故から約二か月後。記憶を失くしてしまった私は、小さな命を身ごもっていることを知ったのだ——。

保育園からの帰り道、翼の歩幅に合わせて手を繋いで歩く。

翼は今日あったことを話したくて仕方ないようで、まだたどたどしい口調で必死に色々なことを説明してくれる。

こうして翼の話を聞くのが、仕事のあとの楽しみだ。

「あのねぇ、かけっこでにばんだったの！」

「すごいね。翼、いっぱい練習してるもんね」

「ちゅーくん、いちばんになれる？」

翼は自分のことを『つーくん』と言う。

まだ『つ』が上手く発音できないことが多くて、ときどき『ちゅーくん』と言ってしまうのが可愛い。

「うーん、どうかなぁ？　ママは翼なら一番になれる気がするけどなぁ」

私の答えに大きな瞳を輝かせた翼が、「えへへっ」と嬉しそうに笑う。

「おやすみはこうえんいく？」

「土曜になったら行こうね。サッカーとかけっこの練習するんだもんね」

「うん！」

寒さで赤くなったぷくぷくの頰をツンと突けば、翼が楽しそうな声を上げた。

切れ長の二重瞼も、小さな手足も、コロコロと変わる表情も、本当に愛おしい。

翼は、私の唯一無二の宝物だ。

けれど本当は、妊娠しているとわかったとき、産めるはずがないと思った。

だって、事故当時の記憶がないどころか、翼の父親が誰なのかすらわからなかったから……。

そのとき初めて、私が失くしたのは事故の記憶だけではないと知ったのだ。

陽性の印が出た検査薬を何度も確認し、言いようのない不安と恐怖に襲われた。そんな中、数日後に意を決して、こっそりレディースクリニックを受診した。

産むつもりなんてなかった。産めるはずなんてなかった。

だから、産婦人科で『妊娠していますね』と言われたとき、絶望感にも似た気持ちでいっぱいになった。

私は、お腹にいる赤ちゃんが誰の子なのかわからない。

恋人だったのか、元カレだったのか……。こうは考えたくはないけれど、もしかしたらそういう関係性ですらなかった相手なのか……。本当になにもわからなかった。

そんな状況で喜べるはずもなかったのだ。

事故から妊娠がわかるまでの二か月の間に、何度か違和感を覚えたことはあった。

上手く説明できないけれど、あの頃から一年くらい前までの記憶が曖昧に思えることが複数回あって……。そんなときにはいつも、事故とは関係のないはずの期間の記憶が断片的に欠けているように感じた。

医師に相談すると『そういうこともありえる』と言われたため、そういうものなのだと思うしかなかったけれど、妊娠となれば話は違う。

父親が誰かわからない子を産むなんて怖くて、絶対に無理だと思った。

だいたい、もし恋人がいたのだとしたら、連絡のひとつくらいはあるはず。

事故で壊れたスマホのデータは復元できなかったものの、電話番号はそのまま引き継げたから、恋人がいれば電話の一本くらいあっただろう。

それがないのは、少なくとも相手にとってその時点では私とそんな関係ではなかったということ。

だとしたら、万が一にでも産んでしまえば、ひとりで育てていくことになる。

脳裏に過った〝堕胎〟の二文字に、ますます恐怖心が大きくなった。

子どもは産めば終わりというわけではない以上、私の状況を鑑みれば仕方がないはず。きっと、それが最善なのだ。

頭ではそう思うのに、部屋の片隅でもらったばかりのエコー写真を握るようにし、そこから目が離せなかった。

自分の体の中に命が宿っている実感はない。

それなのに、もう片方の手で下腹部にそっと触れれば鼻の奥がツンと痛んだ。

産めない。産めるはずなんてない。

そんな言葉ばかりが頭の中で渦巻くさなか、エコー写真が滲んでいき、やがて涙が零れ落ちた。

恐怖心は抱えたままなのに、無謀にも〝産みたい〟と思ってしまったのだ。

両親に思い切って妊娠したことを伝えたときは、ほとんど間を置かずに堕胎を勧められ、自分の気持ちを告げると猛反対にあった。

『産んで終わりじゃないんだ。子どもを育てるのは簡単じゃないんだぞ』

『両親が揃っていても子育ては大変なのに、ひとりで育てるなんて無謀よ』

『第一、誰の子かもわからないんだろう。記憶もないのに無理だ』

両親は繰り返しそんな風に私を説得し、私は『簡単じゃないかもしれないけど産みたい』と言い張った。

平行線のまま何日も話し合いを重ね、結局は絶対に意志を曲げなかった私に対し、両親が折れる形で産むことになった。

今日まで色々なことがあり、想像を絶する育児の厳しさに心も体もボロボロになったこともある。今だって、決してラクな生活とは言えない。

「ママ、ごはんなに？　つーくん、ハンバーグがいいなぁ」

それでも、翼の成長を見守る日々は幸せなことの方が多く、今この瞬間まで自分が選んだ道を後悔したことは一度もない――。

保育園から徒歩十分ほどの距離にある、１ＬＤＫの二階建てのアパート。その一階の最奥の角部屋が、私と翼が住む小さな家だ。

私の両親は、私が事故に遭ったあとに父方の祖父から継いだ料亭を手放し、今は母方の実家が営んでいた小さな定食屋、『こんどう亭《てい》』を夫婦で切り盛りしている。

母方の祖父母は、祖父の夢だった地方の自然豊かな土地で隠居生活を送ることになり、お店とともに二階の住居スペースも譲り受けた。

両親の提案で、私も一人暮らしをしていたアパートを引き払って、しばらくはそこに一緒に住んでいたけれど……。翼を産むにあたり、両親になにもかも甘えるわけにはいかないと思い、妊娠中から引っ越し先と再就職先と保育園を探した。

どれも簡単に見つからなかったものの、まずは住居を確保できた。

その後、なんとか仕事と保育園も決まり、翼の一歳の誕生日に合わせて再就職する三か月前に、品川《しながわ》区のローカル駅から程近いこのアパートに越してきたのだ。

グレンツェンの社長は、離婚後に息子さんふたりをシングルで育て上げた六十代前半の女性で、ひとり親家庭にとても理解がある。

本社はもちろん、サロンや式場のスタッフの中にもシングルマザーやシングルファーザーが多く、社長の意向で子どものための休暇は取りやすい。

翼が急に発熱したときや保育園の行事のときには、必ず休暇をもらえている。

未婚の母とわかるや否やまともに取り合ってくれない企業もあった中で、グレンツェンだけは真摯に対応してくれ、幸いにも採用してもらえることになった。

土日祝日は休めないウェディングプランナーとして復帰することは叶わなかったけれど、まだ小さな翼をひとりで育てていくためには仕方がない。

それに、プランナーには戻れなかったとはいえ、ブライダル関係の仕事に就けただけでも嬉しかった。

今は夢を諦めるとしても、やっぱりブライダル業界に携わっていたかったから。

グレンツェンの待遇に不満はないし、理解のある社長や同僚たちのおかげで働きやすい環境に身を置かせてもらっている。

今の私には充分すぎるくらいだ。

とはいえ、仕事の都合でどうしても翼のお迎えに行けないときなどには、徒歩七分ほどの距離に住む実家の両親を頼らせてもらうこともあるけれど……。

翼を産むことを猛反対していた両親は、今では翼に会うのを楽しみにしていて、事あるごとに呼び出される。

なんだかんだで、孫は可愛いみたいだ。

あまり両親を頼らないように心掛けているものの、次第に甘えることも親孝行のひとつなのかもしれないと思うようになった。

大変なことはたくさんあるし、この一年ほどを振り返るだけでもつらいことが数え切れないくらいあった。

意思表示がしっかりできるようになった翼のイヤイヤ期はまだ続いていて、叱ったときなんかは『ママきらい！』なんて言われてしまう。

そんな日々の中、心が折れそうになったことは一度や二度ではないけれど。

「ママのごはん、おいしいねぇ」

私は、翼がいるからこそ頑張れるのだ。

「本当？」

「うん！　つーくん、カレーちゅき！」

「明日はハンバーグ作ってあげるからね」

「やったー！」

今夜も翼の笑顔に癒され、心が和むのを感じていた――。


翌日、仕事中に母から【帰りにうちに寄ってね】というメッセージが届いていたため、翼を迎えに行ってから実家に足を向けた。

両親がなにかと理由をつけて私を呼び出すのは、翼に会う口実だとわかっているけれど、私も両親を頼らせてもらっているからありがたい面も大きい。

「いらっしゃいませー！　あら、美月と翼」

「ばぁば、じぃじ！」

翼の明るい声に目尻を下げた両親を横目に、常連客の男性たちに挨拶をする。近所の建設業社の男性たちは、にこにこと笑って私たちを見た。

「美月ちゃんと翼くんに会えるなんて、今日はラッキーだな」

「いやぁ、一日の疲れが吹き飛ぶよ」

「そう言っていただけて嬉しいです。いつもありがとうございます」

「ここの飯は安くてうまいし、ときどき美月ちゃんたちにも会えるし、俺らみたいな人間にはありがたい店なんだよ」

「それにしても、こんな可愛い子が独身なんて、世の若い男どもはなにやってるんだか。俺がもう二十も若ければ、プロポーズするんだけどなぁ」

「バカ！　お前じゃ相手にされねぇよ。でも、美月ちゃんが独身なのはもったいないよなぁ。可愛いし、愛嬌があって性格もいいし、仕事も子育ても頑張ってるのにさ」

「いつも言ってるけど、うちの若い奴でも紹介しようか。美月ちゃんならいい奥さんになるだろうし、バツがついてたって喜ぶ男はたくさんいるよ」

ビールグラスを片手にする四人の男性たちは、五十代後半というところだろう。

私がバツイチだと思っているようで、顔を合わせれば毎回決まったようにこんな風に言われる。半分は本気なんだろうな、と思いつつ丁重に断った。

「今はそんなこと考える余裕はありませんから。お気持ちだけ頂戴しておきますね」

母は「紹介も嬉しいですけど、また今度みなさんで来てください」と口を挟み、新しい瓶ビールをテーブルに置いた。

「美月、頂き物のいちごが家の冷蔵庫にあるから、持って帰りなさい」

さりげなく助け船を出してくれた母にお礼を言い、両親が住居にしている二階に上がっていちごのパックを手に取ったあと、翼とともに帰宅した。

「ママ、いちごきょうたべる？」

「夜ご飯を食べたら少しだけね。明日の朝ご飯と夜ご飯のときにも食べようね」

「いっぱいある？」

「うん、あるよ。翼のお腹がいっぱいになっちゃうくらい」

「はやくたべたいねぇ！」

上機嫌になった翼は、私が夕食の支度をする間アニメを観て待ってくれていた。

二、満月の夜の邂逅

一月最後の金曜日。

グレンツェンの二十周年を祝う式典が開かれ、都内の外資系ホテルに来ていた。

本社のスタッフを始め、都内のブライダルサロンや結婚式場のスタッフの中から出席者を募った立食式のパーティーは、予定通り十九時に始まった。

グレンツェンは大手とは言えないものの、創業以来ずっと経営は安定しているようで、ここ数年の業績は上向きだ。そのため、二十周年は盛大に祝おうということになったらしく、社長自ら会場を押さえたのだとか。

このパーティーの案内を社内メールで見たときは、翼のことを考えて欠席するつもりだったけれど、高校時代からの親友――津崎理沙《つざきりさ》に出席することを勧められた。

『こういう機会こそ人間関係を円滑にするチャンスだし、今の職場は待遇もいいんだから、今後のためにもできるだけ行くべきだと思う』

たまたまかかってきた電話でパーティーのことを話すと、彼女から冷静に諭され、数日悩んだ末に顔を出すことに決めた。

百人は収容できるであろう会場には色とりどりの料理が並び、グレンツェンのスタッフたちは普段の忙しさを労い合いながら楽しんでいる。

一方で、私は久しぶりに身に纏っているフォーマルワンピースにもハイヒールにもソワソワしてしまい、なんだか落ち着かない。

ハニーベージュのミディアムボブの髪は普段よりもしっかりと巻き、メイクも丁寧に施しているけれど……。さきほどからずっと、二重瞼の目尻に描いたアイラインが滲んでいないか気になっていた。

いつもは翼のことで精一杯で、あまり自分のことに時間をかける余裕はない。

仕事の日はそれなりにしているけれど、休日なんて日焼け止めとフェイスパウダーくらいしか使わないため、きちんとメイクをしたのも久しぶりのことだった。

そういう理由もあり、カクテルを片手にひっそりと壁の花になっていた。

「高梨さん、飲んでる？」

すると、他のスタッフたちと談笑していた森原さんが、ビールグラスを片手にやってきた。開始から三十分も経っていないのに、彼女の頬は早くも赤らんでいる。

「はい、いただいてます」

森原さんに笑みを向ければ、「これから挨拶回りに行きましょ」と誘ってくれた。

今の職場では、特別親しい人はいない。

スタッフはいい人ばかりだけれど、事故を機にプライベートをあまり掘り下げられたくないという思いが芽生え、以前ほど社交的ではなくなった。

そもそも、本社のスタッフは四十代が中心で、私以外のスタッフの子どもは中高生が多く、子育てがある程度は落ち着いている。反して、翼はまだ三歳にもなっていないし、私は誘われても気軽に飲みに行くこともできないというのもある。

彼女は、そんな私のことをいつも気にかけてくれるのだ。

パーティー中は自由に動けるため、森原さんとともに社長に祝辞を伝えに行き、そのあとで事務スタッフの四人で会場内を回った。


二十一時に閉会となったパーティーは、最後まで盛り上がっていた。

私もそれなりに現場スタッフたちと話し、同僚とも普段よりはコミュニケーションが取れたけれど、有志でやる二次会の誘いは丁重に断り、ひとり帰路に就いた。

(そういえば、ここからわりと近いよね)

ふと脳裏に過ったのは、前職場のユウキウェディングのこと。

私が配属されていた青山《あおやま》サロンまでは、今夜の会場から徒歩で十分もかからない。

懐かしさと切なさが、心の中でせめぎ合う。

気持ちのいい辞め方ではなかったから近寄りたくないという思いもあるのに、気づけば駅を通りすぎていた。

ユウキウェディングは大々的に広告を打っていて、ネットはもちろん、テレビや雑誌で名前を見かけることも少なくはない。

同じ業界で働いていると、情報が耳に入ってくる機会だってある。

そんなときはいつも、懐古感よりも憂鬱な気持ちが強くなっていた。

それでもサロンに足を向けてしまったのは、怖いもの見たさに近かったのかもしれない。もしくは、帰巣本能のようなものだったのだろうか。

自分の気持ちがわからないまま歩いていると、公園の前を通りかかった。

(この公園も就職した頃はよく立ち寄ったな……)

就職した年は右も左もわからなくて、上司や先輩の指示を上手く汲み取れなかったり、失敗をしたりしていた。そういうことがあった日は、就職と同時に始めた一人暮らしの家に真っ直ぐ帰る気にはなれなくて、職場から程近いこの公園に寄っていた。

滑り台とブランコに、四季折々の花が植えられている花壇。一周二〇〇メートルほどの遊歩道はコンクリートで整備され、等間隔に木造りのベンチが設置されている。

私はいつも、入り口から一番近いベンチに座って過ごした。

夜空の下で密かに泣いたこともあるし、月をぼんやりと眺め続けた日もある。

（あのときはつらかったけど、それでもウェディングプランナーになりたかったんだよね。でも、プランナーになったあとの方が泣いた回数は多いかも……）

プランナーとして独り立ちすれば、今度は新郎新婦と上手く打ち合わせが進まなかったり、クレームを入れられたりしたこともあった。

けれど、そのうちに『高梨さんに担当してもらえてよかったです』と言ってもらえるようになって……。何件もの結婚式をプロデュースしていく中で、まるで自分のことのように幸せを感じるときが増え、喜びと感動の涙をたくさん流した。

憂鬱でいっぱいだった心に、懐かしさが込み上げてくる。自然と笑みが零れ、公園の中に足を踏み入れて夜空を仰いだ。

「今日って満月だったんだ」

思わず零れた独り言が、夜の闇に吸い込まれていく。

ぽっかりと浮かぶ蜂蜜色の月は、まるであつらえたように綺麗な真ん丸だ。

翼と保育園から帰るとき、夜空を見上げることはよくあるけれど、こんな風にじっくりと眺めたのは久しぶりだった。

普段は仕事帰りに翼を迎えに行き、週に何度かはスーパーやドラッグストアに寄って買い物を済ませ、帰宅後は急いで夕食の支度をする。

夕食後には翼とお風呂に入って、自分のことはそっちのけで翼の体を保湿して髪を乾かし、それからようやく半分乾いてしまった私の髪にドライヤーをかける。

息つく暇もなく翼の寝かしつけをする頃にはクタクタで、よくそのまま寝落ちしてしまう。

そんな日々の中では、あの頃のように空を見上げることもなくなっていた。

(懐かしいな。でも、なんだろう……)

思い出を反芻するうちに、さきほどの憂鬱は和らいでいったのに……。なんだか無性に胸が詰まり、少しだけ泣きたいような気持ちになった。

今の生活に大きな不満はないつもりだけれど、本心ではそうじゃないのだろうか。

翼よりも大切なものなんてないのに、久しぶりに思い出が詰まった場所に来たせいで、アンニュイな感情が色濃くなったのかもしれない。

(やっぱりこのまま帰ろう)

過去を振り返るのも悪いことではない。

ただ、過去に浸るよりも、翼がいる今とこれからの時間を大切にしたい。

そんな風に思い直し、夜空を仰いだまま踵を返した。

「わっ……！」

直後、ヒールを履いていることを忘れていたせいでバランスを崩して体がよろめき、持ちこたえられずに前に倒れてしまった。

「っ……！」

二十七歳にもなって、なにもないところで転ぶなんて恥ずかしい。

痛みも気にせずに慌てて立ち上がろうとしたとき、目の前に手が差し出された。

「大丈夫ですか？」

低いけれど柔らかな声音が、耳に届く。

鼓膜にそっと触れるようなそれは、とても耳馴染みが好くて。それなのに、胸の奥が優しく締めつけられた気がした。

顔を上げると、影がかかった男性の相貌が視界に入ってくる。

彼と目が合った刹那、その美しさに吸い込まれるように見入ってしまった。

意志の強そうな、切れ長の涼しげな二重瞼。西洋の彫刻を連想させる通った鼻梁に、キリッとした眉。上質なスーツの上からでもわかる、均整の取れた体軀。

彫りの深い顔立ちは美麗すぎるせいか、冷淡に見えるほどだった。

私を見つめる瞳から視線が逸らせない。

男性も微動だにしなくて、私たちは言葉を忘れたように見つめ合っていた。

「……もしかしてどこか痛みますか？」

やがて、彼がハッとしたように尋ねてきた。

作り物のような秀麗な面立ちに、心配の色が浮かんでいる。さきほどの声と同じ優しい声音が耳朶に触れ、私は少し遅れて我に返った。

「大丈夫です……。すみません……」

見ず知らずの男性の手を取ってしまったのは、ぼんやりとしていたせい。

途端に動揺した私を余所に、彼は私の体を支えて立ち上がらせてくれた。

「あの……ありがとうございます」

「いいえ。お怪我はありませんか？」

幸い、地面についた手のひらも両膝もさほど痛くはない。

笑みを浮かべて「はい」と頷けば、男性が瞳をそっと緩めて微笑んだ。

まだ触れたままの手から伝わる感覚に、どこか懐かしさに似たものを抱く。

相手は知らない人なのに、骨張った手の温もりに安心感のような感覚が芽生えた。

こんな風に感じてしまうのは、きっと昔のことを思い出していたからに違いない。

自己完結して手を離せば、彼は自分の手のひらを眺めたあとで私を見つめた。

「……あの、以前にどこかでお会いしましたか？」

「えっ？」

きょとんとされて、心の声が漏れていたことに気づく。

「……っ！　すみません！　気にしないでください！」

下手なナンパのような言葉を吐くなんて、怪訝に思われるに決まっている。転んだことよりも羞恥を感じ、頬が熱くなっていった。

「いや、たぶんない。でも、不思議だな……。俺も今、同じことを思ってた」

ところが、男性はまるで自然と口をついたように言った。

気遣われただけなのかもしれないけれど、なんだか嬉しくて視線を交わらせたまま笑みを零してしまう。ほとんど同時に、彼も微笑を浮かべた。

「怪我がなくてよかった。だが、夜に女性ひとりでこんなところにいるのはあまりよくないと思うよ。それと、歩くときはちゃんと前を見るのも忘れずに」

そんなところまで見られていたのかと思うと恥ずかしい。

その上、どこか悪戯っぽく緩めた瞳を向けられて、ドキドキさせられた。

「えっと……つい、月に見入ってしまって……」

「月？　なにを見てるのかと思ったら、そういうことか」

男性は優しい眼差しを寄越したあと、夜空に視線を遣った。

「ああ、今夜は満月だったんだな。久しぶりにちゃんと見た気がするよ」

私も、ほんの数分前に似たようなことを思っていた。

それを言いかけたところで、再び彼の瞳が私に向けられた。

射抜くような勢いすら感じる双眸に、心ごと捕らわれてしまう。

真っ直ぐな目でじっと見つめられると、なぜか視線を縫い留められたように逸らせなくなった。

「君、名前は？　……ああ、申し訳ない。まずはこちらから名乗るべきだね」

目を見開いた私に、男性が気まずそうな微笑を零す。

「結城と言います」

「あ、えっと……高梨です」

さらりと名乗った結城さんにつられてしまったのに、さきほど抱いた安心感のせいか、危機感が芽生えてこない。

不思議だけれど、むしろ彼ともう少しだけ話していたいと感じた。

そこでハッとして、翼を待たせていることを思い出す。

「あの、私はそろそろ……。助けていただき、本当にありがとうございました」

「お礼を言われるほどのことはしてないよ。でも、もしよければ連絡先を教えてもらえないだろうか」

真剣な表情になった結城さんを前に、私は声もなく瞠目した。

「無理にとは言わないが、君……高梨さんともっと話してみたいと思ったんだ」

嬉しくないと言えば、嘘になる。私の心は、彼の言葉に喜びを感じていたから。

ただ、私には翼がいるし、少なからずためらいはあった。

それでも、拒否できずに首を縦に振ってしまったのは、私も同じことを考えたばかりだったからに違いない。

すると、結城さんが端正な顔に喜色を浮かべた。

「ありがとう。もしよければ、一度食事でもどうかな」

連絡先を交換したあとで、彼はなんでもないことのように口にした。

翼のことが頭から離れなくて、内心では戸惑っているのに……。

「……はい」

私は、なぜかためらいを隠して頷いていた――。

翌日の土曜日。

昨夜の出来事が夢だった気がしていた私のスマホに、一通のメッセージが届いた。

【おはよう。怪我の具合はどう？】

シンプルだけれど気遣いが見える文面に、自然と頬が緩む。

夢じゃなかったのだと理解して、心がくすぐったくなった。

【おはようございます。ありがとうございます。大丈夫です】

文章を打ち、最後に【ご心配をおかけしました】と添えて返信する。それだけのことなのに、少しだけドキドキしていた。

「ママ……？」

「おはよう、翼」

布団から出てきた翼に笑顔を向けると、翼が「おはよぉ……」と言いながら寝惚け眼で私のもとへとやってくる。いつものように膝の上に乗せ、ギュッと抱きしめた。

「きょうはほいくえんおやすみ？　こうえんいく？」

「うん。昨日はいい子でお留守番してくれたから、ケーキも食べようね」

「ケーキ!?　つーくん、いちごのやつがいい！」

「じゃあ、公園で遊んで、いちごのケーキを買って、おうちで食べよう」

「うん！」

「まずは朝ご飯だね。翼の好きないちごの蒸しパンがあるよ」

「たべる！　あとねぇ、りんごじゅーちゅ！」

普段は牛乳を飲ませるようにしているけれど、昨日は遅くまで実家でお留守番をしてくれていたから、「今日は特別だよ」と言って頷く。

〝特別〟という言葉に、翼はキラキラした笑顔になった。

昨夜、私が実家に迎えに行ったときには翼はもう眠っていて、翼を抱っこして帰宅した。フォーマルな装いではさすがにきつかったものの、翼が泣かずに待っていたことを両親から聞き、心配が杞憂に終わったことが嬉しかった。

こんどう亭の定休日でもない夜に翼を預かるのは大変だったと思うけれど、おかげでパーティーに出席できた。

背中を押してくれた理沙と、協力してくれた両親に感謝しかない。

「バナナも食べる？」

「うん、ちっちゃくきって。おっきいのやだ」

「じゃあ、小さいやつを三つ入れるね」

翼用のプラスチックのプレートに、いちごの蒸しパンと一口サイズに切ったバナナを載せ、りんごジュースを注いだストローマグをローテーブルに置く。

要望通りの朝食を前に、翼はご機嫌の笑顔で「いただきます！」と小さな両手を合わせた。私は「召し上がれ」と返し、トーストにいちごジャムを塗る。

「つーくんもジャムする！」

「これ食べるの？」

「ちがう！　こっち！」

蒸しパンを指差した翼は、どうやらその上にジャムを塗ってほしいみたい。

糖分が気になるところだけれど、言う通りにしてあげれば翼は満悦そうに笑った。

手摑みで蒸しパンを食べる翼の手のひらや口周りは、あっという間にジャムでベタベタになった。いちご色になっていく肌を見ながら、ため息交じりの苦笑が漏れる。

私が食べさせた方が早いし、食べこぼしも少なくて済む。

ただ、なんでも自分でやりたがるようになってきた翼の意思を尊重しなければ、機嫌が悪くなってしまうのは目に見えている。

(どうせパジャマも汚すし、保育園のお昼寝セットもあるから、出かける前に洗濯して……翼がアニメを観てる間に準備できるかな)

頭の中でこなすタスクを整理しつつ、今日は体力勝負になりそうだな、と思う。

仕事の日も慌ただしくて大変だけれど、休日は一日中ずっと翼とふたりきりで過ごすため、それはそれで体力の消耗が激しくてきついのだ。

けれど、翼を見ていると心は和み、笑顔でトーストをかじった。

＊＊＊

底冷えするような寒さを携えた、一月中旬の日曜日の昼下がり。グレンツェンの二十周年記念パーティーから二週間が経っていた。

「翼、そろそろ帰ろうか?」

「だめ!　まだあそぶの!　たくさんあそぶって、おやくそくしたでしょ!」

自宅から自転車で十五分ほどの場所にある公園に来て早二時間半が過ぎたけれど、寒さで限界を感じる私に反し、翼はまだ遊び足りないみたいだった。

遊具を始め、芝生エリアやたくさんの樹木の他には、夏になると水遊びができる白御影石で造られた池もある。大きなクスノキがシンボルツリーになっているこの公園は翼のお気に入りで、ここに来るとなかなか帰りたがらない。

翼は今日も大はしゃぎで、滑り台とブランコで散々遊び、かけっこの練習をしたあとには四つ葉のクローバーを見つけ、今は小枝を集めている。

(また『もってかえる』って言い出すのかなぁ)

この間は落ち葉を集め、その前は小石だった。

昨年の秋にはどんぐりを小さなビニール袋いっぱいになるまで拾い、持って帰るはめになった。そのとき、どんぐりは煮ないといけないと知らなかった私は、翌朝になって袋の中に湧いていた大量の虫を見て卒倒しそうだった。

虫が大の苦手な私の目下の悩みは、翼が昆虫に興味を持ち始めていること。もともと、犬や猫を筆頭に動物は大好きだったけれど、最近は昆虫が気になるみたい。

ひとまず、今日はそろそろ昼寝をさせたくて、奥の手を使うことにした。

「翼、スーパーでいちごゼリーを買って帰ろうか?」

「いちご!?」

「うん。甘くて大きい、特別なやつ」

「たべる! つーくん、おかいものいく!」

持っていた小枝を手放した翼は、さきほどまで渋っていたのが嘘のように走り出そうとする。慌ててその手を取り、翼の歩調に合わせて自転車置き場に向かった。

買い物を終えて帰宅すると、翼はいちごゼリーを上機嫌で食べ、眠ってしまった。朝からお弁当を持って出かけていたため、きっと遊び疲れたのだろう。

スヤスヤと眠る翼に笑みを零したとき、リビングに置いていたスマホが鳴った。

着信音が響いたことに焦り、翼が起きないように慌てて確認しにいけば、ディスプレイには【結城さん】と表示されていた。

「え？　どうしたんだろう……？」

あの日からずっと、結城さんとのメッセージのやり取りは続いている。彼は毎日、他愛のないことを何通か送ってきてくれるのだ。

そこにはときおり私への質問も交じっていて、この二週間ほどで自分のことを教えていくうちに、結城さんのことを少しずつ知っていった。

彼からのメッセージは、気楽にできる理沙とのやり取りとは違っていて、たまにドキドキすることもある。

けれど、楽しさの中に癒しもあり、心のどこかで返信を待ちわびている私がいた。

ただ、電話がかかってきたのは初めてで、やけに緊張してしまう。とはいえ、鳴り続ける着信音で翼が起きるんじゃないかと思い、意を決して電話に出た。

「は、はい……」

『美月さん？　結城だけど、今って電話してても大丈夫？』

「えっと、少しなら……」

潜めた声で答え、翼のことを気にかけつつも、リビングと寝室の間にあるスライド式のドアをそっと閉める。

『じゃあ、手短に話すね』

結城さんはそう前置きすると、一拍置いて続けた。

『そろそろ食事でもどうかな？　できれば美月さんと直接会って話したいんだ』

ストレートな誘い文句に、胸の奥が甘やかな音を立てる。慣れない感覚に戸惑いが芽生えて、返事もできずにどぎまぎしてしまった。

この二週間、メッセージの文面からは結城さんが誠実そうな男性だと伝わってきていたし、私の中にももっと彼のことを知りたいという気持ちはある。

一方で、翼のことを考えると、簡単には承諾できなかった。

翼を置いては行けないし、もし実家に預けるのなら両親に都合を訊かなくてはいけない。一緒に連れて行くという選択肢もあるのかもしれないけれど、そもそも私はまだ結城さんに翼の存在を話せていなかった。

なんとなく言い出しにくかったし、メッセージで打ち明けるのは憚られたというのもある。記憶喪失のこともあるため、私にとっては気軽に話せる内容でもない。

『もしかして、あまり気乗りしない？』

まごついていたことが伝わったのか、彼の声に不安げな雰囲気が交じる。

「いえ……！　あの、予定がわからなくて……」

『じゃあ、食事はOKってことでいい？　日程はできる限り美月さんに合わせるようにするから、近いうちに会ってくれないかな』

こんな風に言われて断れるはずがない。ドキドキと騒ぐ鼓動を隠すように左手で胸元を押さえながら、小さく「はい」と返事をした。

『ありがとう。予定がわかれば教えて』

結城さんが『じゃあ、また』と言い、私はためらいながらも再び「はい」と返すと、緊張に耐えられなくて電話を切った。

速くなっていた心音を左手に感じる中、無意識に深呼吸を繰り返す。

鼓膜に染みつくように残った彼の声が、私の頬に熱を呼んでくる。

思わず窓を開けて、冷たい空気を胸いっぱいに吸い込んだ――。

三、切り離せない存在

翌週の木曜日。

こんどう亭の定休日の今日、翼を実家に預けた足で急いで恵比寿《えびす》駅に向かった。

待ち合わせ場所のガーデンプレイスに着くと、遠目からでもひときわ目立っている男性の姿を見つけた。

「美月さん」

周囲の視線を浴びていた結城さんが、私を見つけて瞳をたわませる。

柔らかな笑顔に、いとも簡単に鼓動が跳ねた。

「こんばんは。お待たせして申し訳ありません」

「俺も今来たところだよ」

彼は「ここは寒いから店でゆっくり話そう」と言うと、私の歩幅に合わせるように歩き出した。

徒歩二分ほどで着いたのは、ステーキハウス。

会員制らしく、シャンデリアや調度品からは高級そうな雰囲気が漂っている。

（お金、足りるかな……）

カフェレストランやバルのようなお店を予想していた私にとっては、あまりにも縁のない場所に立ち尽くしてしまう。

今夜の私の服装は、ピンク味のあるライトベージュの膝丈のワンピースに、五センチヒールの同系色のパンプス。落ち着いた雰囲気のものを選んだけれど、場違いだったかもしれない……と不安になった。

「美月さん、こっちだよ」

そんな私を、結城さんは優しくエスコートしてくれた。彼に言われるがまま窓際のテーブルに行き、ウェイターに椅子を引かれておずおずと腰を下ろす。

「ここの肉、本当においしいんだ。気に入ってくれるといいんだけど」

結城さんはコースを予約してくれているようで、ウェイターからはドリンクのオーダーを問われた。

ずらりと並んだワインメニューを見ても、どれを頼めばいいのかわからない。戸惑う私に気づいたのか、彼が優しい笑みを浮かべた。

「お酒はどの程度飲める？　ワインが苦手なら、他のものもあるよ」

「普段はあまり飲まないので少しだけなら……。ワインはよくわからないので、お任せしてもいいですか？」

「それなら、一杯目だけ飲みやすいものにして、あとはノンアルコールにしよう」

結城さんの提案に頷くと、ウェイターがすぐにシャンパンを運んできた。彼に促されて乾杯したものの、緊張からか味がよくわからない。

「緊張しなくていいよ。おいしいものを一緒に食べて、色々話したいだけだから」

リラックスして、なんて言われたけれど、そもそも一番緊張している理由は結城さんと向かい合っていること。

彼と出会った夜にはアルコールを飲んでいたせいか、今ほどの緊張感はなかった。

「肉と魚なら、どっちが好き？」

「えっと……どちらかと言えばお肉です。でも、魚も好きですよ。子どもの頃は苦手だったんですけど」

「俺も子どもの頃は魚が苦手だったよ。フレンチで出されるものはまだ平気だったけど、焼き魚として出てくるサンマやサバは特に嫌いだったな」

子どもの頃にフレンチを食べた記憶なんてないに等しい。

共通点をひとつ見つけて喜んだのも束の間、生活水準の違いを感じてしまう。

結城さん自身、どこか浮世離れしている雰囲気もあって、話しやすい人だけれど親しみやすいかと言われればそうではない。

彼のことはまだよく知らないとはいえ、外見や立ち居振る舞い、そしてこのお店に連れてきてくれたことを考えても、普通の人という感じはしなかった。

メッセージでは、結城さんはブライダル関係の仕事をしていると教えてもらい、私も同業だと話すと盛り上がったけれど……。あのとき彼に対して感じた親近感は、今日会ったことで早くも消えかけていた。


そんな中、振る舞われた料理はどれもとてもおいしかった。

サーモンのタルトとタコの炙りは、魚介特有の旨みの中に甘さを感じた。

スモークベーコンとアスパラのリングイネは燻製の風味豊かな香りが際立ち、ロブスターのグリルは柚子バターソースとの相性が抜群で、フォークが止まらなかった。

メインは、黒毛和牛のフィレとイチボの食べ比べで、岩塩ともわさび醤油ともよく合い、どちらも甲乙つけがたいほど絶品だった。

少しのアルコールと料理のおかげか、この頃には肩の力が抜けて、結城さんとメッセージを交わしていたときのように会話も楽しめるようになっていた。

最後に運ばれてきたのは、いちごたっぷりのパイ。

ピスタチオのマカロンとチョコレートのジェラートもおいしかったけれど、パイに詰められたいちごのフィリングが絶品で、飾られていたいちごも驚くほど甘かった。

(翼にも食べさせてあげたいな)

そんなことを考えていると、彼がクスッと笑った。

「そのスイーツ、そんなに気に入った? それとも、いちごが好きなのかな?」

食べることに集中していた私は、柔和な眼差しを向けられていることに気づき、頬がかあっと熱くなった。

「すみません……。こんなにおいしいパイを食べたのは初めてで……。それに、結城さんの言う通り、いちごが好きなんです」

いちごやいちご系のスイーツを買うと、翼の喜ぶ顔が見たくてつい自分の分もあげてしまう。それに、ひとりでレストランやカフェに行くことはない。

だから、こんな風にスイーツを独り占めしたのは久しぶりのことで、自分で思っているよりも気分が高揚していたのかもしれない。

「謝らなくていいよ。美月さんが喜んでくれたのも、君の好きなものをひとつ知れたことも嬉しい」

さらりと言い切られて、たじろいでしまう。

公園で出会ったときから薄々感じていたけれど、結城さんは女性の扱いに慣れているんだろうな……と思った。

「甘いものは好き？」

「あ、はい。私、あまり好き嫌いはなくて」

「それならよかった。実は、先週仕事でイタリアに行ってきたんだけどね」

彼はふわりと微笑み、テーブルの上にデザインや形の違う三種類の紙袋を置いた。

ワイン用に使われるような細長いものにA４サイズほどのもの、それと小さな紙袋を並べられ、小首を傾げる。

「これは美月さんへのお土産にと思って。好みがわからないから定番のものにしたんだが、よければ受け取って」

「えぇっ……！　そんな……！」

「別に大したものじゃないよ。食べ物だから気兼ねせずにもらってくれると嬉しい」

そんな風に言われてしまうと、遠慮するのも申し訳ない気がする。少しだけ戸惑ったけれど、笑顔でお礼を言って受け取ることにした。

結城さんに「開けてみて」と促され、ひとつずつ中を確認していく。

「あっ、チョコレートとオリーブオイルですか？　あと……レモン？」

「それはレモン石鹸だよ」

レモン型のものを取り出すと、透明のパッケージ越しでも甘酸っぱい香りが鼻先をくすぐった。ころんとした形はもちろん、匂いも私好みだった。

「オリーブオイルは、ドレッシングにしたりパンにつけたりしてもおいしいよ」

普段は翼に合わせた料理を作るため、オリーブオイルなんて滅多に使わない。けれど、イタリア語のロゴが入ったチョコレートも、おしゃれな瓶に入ったオリーブオイルもとてもおいしそうで、食べるのが楽しみだった。

ドレッシングにしたりやパンにつけたりするのなら、翼と別のメニューにする必要もない。それがありがたくもあった。

「嬉しいです。ありがとうございます。でも、お気遣いいただいてすみません」

「いや、本当に大したものじゃないから。もっと深い関係だったら、形に残るものを贈りたかったんだけど」

「えっ……」

「なんてね」

目を見開くと、からかうような口調が飛んできた。一瞬だけキュンとしてしまったのは、きっと不可抗力に違いない。

そう思うのに、意味深な笑みを湛える結城さんのせいで頬が熱を持った。

「でも、知ってる？　海外ではバレンタインには男性から女性に贈り物をするんだ。チョコレートはその代わりだと思って」

眇めた目を寄越されて、思わず息を呑む。

深い意味なんてないと自分自身に言い聞かせようとしても、鼓動は甘やかな音を立てて騒ぎ出していた。

（他意はない……よね？　でも……）

今夜の約束は、きっと世間一般では〝デート〟ということになる。

仕事でもプライベートでも、本来なら彼との接点なんてなかった。けれど、こうして会っているということは、そういうことになるのだろう。

「美月さん？」

ひとりでグルグルと考えていると、結城さんが少し困ったような顔になった。

「ごめん。困らせるつもりはないんだ」

「いえ、そんな……」

私よりも彼の方がずっと困っているように見える。そう思うと、首を横に振ることしかできなかった。

そこでハッとして、慌てて腕時計に視線を落とす。

「ごめんなさい、そろそろ帰らなきゃ……！」

結城さんと会ってから、まだ二時間も経っていない。それでも、翼を実家に預けているため、これ以上ゆっくりするわけにはいかなかった。

「もしかしてなにか用事があった？　少し強引に誘ってしまったから無理させたかな」

「えっと……そういうわけじゃないんです……」

隠すつもりなんてなかったのに、すっかり話すタイミングを逃してしまっていたせいで、本当の理由を言い出せない。

「それならまた会える？」

「……そ、それは……」

「美月さんといると、懐かしいような温かいような不思議な気持ちになる。こういう気持ちになるのは、たぶん初めてなんだ」

真っ直ぐな眼差しに、胸の奥が高鳴る。

「こんな風に感じる理由はわからないけど、美月さんとまた会いたい」

真剣な面持ちを前にして、これが嘘だとはどうしても思えなかった。

正直に言えば、嬉しさはある。

だって、私も同じ気持ちだから。

結城さんといると、些細なことにドキドキして困るけれど……。どこか懐かしいような温かいような、穏やかで優しい感覚に包まれる。

上手く言葉にできない感情が、自分の心の中に芽生えていた。

それに、翼のことを忘れたわけじゃないものの、こんなに楽しく過ごせたのは久しぶりだった。

理沙と会うときはいつも翼の相手をしながら話しているから、食事をゆっくり楽しむ余裕なんてない。もちろん、日常では言わずもがな……。

だから、浮かれていた自覚もある。

ただ、これが恋かと言われればわからない。恋をするほど彼のことをまだ知らないし、なにより翼のことも話せていない。

翼のことは本当に大切で、私にとっては切り離せない存在でもある。それは、母親としての責務以前に、私には翼以上に大切なものはないからだ。

けれど、父親が誰だかわからない子どもを産んだなんて……。私自身の事情を含めて、簡単には言えない。

いくら結城さんのことをいい人だと思っていても、出会ったばかりの彼に両親と理沙以外は知らない私の過去を打ち明ける勇気は持てなかった。

だいたい、私には記憶喪失以前の恋愛経験はない。

思い出せる限りで、誰かと付き合ったことはないはずなのだ。

もし翼の父親が恋人だったのなら、きちんと別れていたのかすらわからない。

連絡がなかったから〝別れていた〟と思うしかなかっただけで、私は記憶が曖昧な一年ほどの自分の恋愛についてなにも知らないのだから……。

仮に、その人のことが本当に大切な存在だったのかもしれないのなら、記憶がないまま次の恋に進んではいけない気がする。

(こんな状態で、私はどうしたかったんだろう……)

翼の父親がどうであれ、私にとって翼が一番大切なことに変わりはないし、今は翼を育てるのに精一杯で自分のことにまで手が回らない。

食事に誘われたときには喜びがあったけれど、ようやくして冷静になれた今、とても軽率なことをしてしまったんじゃないかと後悔に苛まれた。

「すまない……。本当に困らせるつもりはなかったんだ。ちゃんと訊いてなかったけど、もしかして恋人か好きな人がいる?」

申し訳なさそうに眉を下げる結城さんを見て、胸の奥が小さく痛む。

誠実でいてくれる彼に対して、そうじゃない自分自身が恥ずかしくなった。

きっと、真実を話せばもう会えなくなる。

たった二週間だったけれど、結城さんから届くメッセージが楽しみだったから、今夜で彼との接点がなくなってしまうのは寂しい。

それでも、不誠実なままではいたくなかった。

「違う……。そうじゃないんです……」

「美月さん？」

「確かに、男性とこんな風に会うことなんてなかったので緊張して、そういう意味では戸惑いました……。でも、結城さんとまた会いたいって思う気持ちはあるんです」

「それなら──」

「私、子どもがいるんです」

結城さんを遮ると、彼は私を見つめたまま瞠目した。

「……子ども？」

静かに頷けば、結城さんの表情はみるみるうちに驚愕でいっぱいになった。

当たり前のように沈黙が下りる。

瞬く間に空気が重くなった気がして、彼を不快にさせたかもしれないと思うと不安が強くなった。

「……それは、子どもがいるから俺とのことは考えられない、ってこと？」

ところが、少しして首を傾けた結城さんは、もう冷静な顔つきに戻っていた。

「えっ……？」

「俺は、美月さんに子どもがいても気にしないよ」

予想外の言葉に、今度は私の方が驚いてしまう。

「でも……」

すると、彼がわずかに瞳を緩めた。

「子どもがいるなんて想定してなかったから驚いたけど、それでも俺は君のことをもっと知りたいと思ってる。もちろん、美月さんの子どものことも」

「結城さん……」

安堵と喜びが心を包み、不安が小さくなっていく。なんだか泣きそうで、嬉しいのに上手く笑えない。

「子どもはいくつ？」

「この春で三歳になる男の子です」

「じゃあ、美月さんが二十四歳で産んだ子ってことかな？」

「はい、そうです」

メッセージのやり取りをする中で、お互いの年齢は教え合った。

結城さんは私よりも六歳上の三十三歳で、五月生まれだと聞いている。七月生まれの私は、今年の夏で二十八歳になる。

私が翼を産んだのは、二十五歳になる三か月ほど前のことだった。

「顔や性格は美月さんに似てるの？」

「顔はあまり似てないです。性格はすごく甘えん坊で、最近は意思の主張がはっきりしてきたんですけど、おしゃべりが大好きなところは私に似てるかもしれません」

翼の面立ちは私に似ていないから、もしかしたら父親似なのかもしれない。

「あと、好物も同じなんです。私も息子もいちごが好きで」

ただ、彼にそこを掘り下げられたくなくて、できるだけ内面のことを話した。

「ああ、なるほど。だから、さっきあんな顔をしたのか」

「え？」

「デザートを食べてるとき、なにか考えてるみたいだったから。今の話を聞いて、きっと息子さんに食べさせてあげたいって思ったんだろうなって」

「確かにそんな風に考えてましたけど……よくわかりましたね」

「なんとなくだけどね。でも、不思議だな」

独り言のように呟いた結城さんが、ふわりと微笑む。

「さっきまでの美月さんは女の子って感じだったけど、今はすごく母親の顔をしてるように見えるんだ。こんな風に思うのはおかしいかな?」

彼の言葉に優しさがこもっているのがわかって嬉しくなる。

首を小さく横に振れば、いっそう柔らかくなった笑みを向けられた。

「息子さんは今どうしてるの?」

「実家に預けてます。だから、そろそろ迎えに行かないといけなくて……」

「ああ、そうだね。だが、その前に俺からも話しておきたいことがある」

頷いてくれた結城さんは、不意に真剣な声音で前置きした。

なにを言われるのだろうと身構えつつも、彼の話に耳を傾けようと背筋を伸ばす。

「美月さんと同じで、俺の仕事がブライダル関係っていうのはメッセージでも話したけど……ユウキウェディングって知ってるかな? 実は、そこのCEOなんだ」

「……えっ?」

その名前を知らないはずがない。

私は、ユウキウェディングのウェディングプランナーだったのだから。

（そっか……。だから、初めて会ったとき……）

どこかで会った気がしていたのは、きっとそういうこと。

その頃の記憶が曖昧だからか、ユウキの社員だったときに直接社長と接したことはなかったからか、明確に思い出せなかっただけ。

蓋を開けてみれば、なんてことはなかった。初めて会った気がしなかったのは、きっとユウキの社員だった頃に結城さんに会っていたからだ。

お互いにブライダル業界で働いていることは教え合っていたのに、思い出せなかったなんて……。もっとも、彼の方は私が元社員だとは気づいていないようだけれど。

どちらにしても、真実を知った今、心の中には動揺が渦巻いていた。

「ごめん、驚かせたね」

「いえ……」

ユウキのプランナーだったことは、なんとなく口にできなかった。

人員整理でクビになったなんて、『あなたは仕事ができない』と言われたようなもの。それを打ち明けるのは気まずいし、なによりも情けなかった。

「俺たちはまだ、お互いのことを知らない。でも、もし美月さんも俺と同じ気持ちでいてくれるのなら、また俺に君の時間をくれないだろうか」

戸惑いも動揺も大きくて、簡単には頷けない。

せっかく翼の存在を話せたのに、また隠し事が増えてしまった。

その事実が、私の心を重くする。

「俺は、もっと美月さんと一緒にいたいんだ」

それなのに、結城さんの真っ直ぐな瞳に射抜かれたとき、私には彼を拒絶することなんてできなかった。

＊＊＊

「……それは急展開だね」

翌週の水曜日の夜、仕事帰りに家に来てくれた理沙にこの一か月ほどのことを話すと、彼女は勝気な二重瞼の目を大きく見開いたあとで苦笑を漏らした。

「職場のパーティーの帰りに出会った人と連絡を取り合って、翼を両親に預けて食事に行って？　そしたら、相手はユウキウェディングの社長で、告白されたって？」

「こ、告白じゃないよ……！」

「いや、告白みたいなものじゃない。好意を見せまくりっていうか、隠す気がないっていうか……。そんなの、ほぼ告白でしょ」

理沙はどこか興奮した様子で、「それで美月はどうしたいの？」と首を傾げた。彼女の前下がりのボブヘアが、ふわっと揺れる。

「正直、また会いたいって気持ちはあるよ……。でも……」

「でも？」

「翼のことを話せたのはいいけど、記憶喪失のことは言えてないし……。私、普通じゃないでしょ？　だから、このまま会い続けていいのかなって……」

自分の気持ちを口にし、アニメを観ている翼の様子を窺いながらも声を潜める。

「それに、翼の父親のこともなんて言えばいいのか……。そんな状況で子どもを産むなんておかしいと思われないかな……。そもそも、シングルマザーっていうのはもちろん、まだ記憶が戻ってないのに、男の人とその……」

「デートしていいのかって？」

言葉に詰まると、理沙が代わりに続きを口にした。

「うん……。あと、この先のこととか色々考えちゃって……」

呆れたようにため息をついた彼女が、私の額を中指で軽く弾く。

反射的に「いたっ！」と声を上げると、真剣な顔を向けられた。

「別にシングルマザーが恋しちゃいけないなんてルールはないでしょ。そりゃあ、そのせいでネグレクトになるとかならダメだけど、美月はそういうことしないじゃない。美月にとっては、なによりも翼が一番でしょ？」

「うん。それはもちろん」

「あと、あの状況で子どもを産むって決意した美月は、確かに普通じゃないかもしれない。でも、それって『すごい』って意味であって、美月が自分を卑下するようなことじゃない。少なくとも、私は美月のことを尊敬してるし、自慢の親友だよ」

「理沙……」

「記憶喪失のことは、まだ話す必要はないと思うよ。でももし、いつか打ち明けたときに信じてもらえなかったら、私が証人になってあげるから」

理沙の気持ちを表すような優しい声音に、鼓膜をそっと撫でられる。

鼻がツンと痛んで、嬉し泣きしそうになった。

「楽しく過ごせたのなら、前の会社の社長でもいいんじゃない？　翼を預かってあげるから、もう一度行っておいで」

「そんな……。理沙に翼を預かってもらうなんて……」

「いいから！　美月はずっとひとりで頑張ってきたでしょ。だから、もし美月が惹かれる人がいるなら、私は親友として応援したい。それに、『子どもがいてもいい』って言ってくれる人なんて、なかなかいないよ？」

理沙に迷惑をかけたくないと思う反面、背中を押してくれるのは嬉しい。それでも戸惑っていると、彼女が意味深な笑みを浮かべた。

「ねぇ、翼。今度、理沙ちゃんと公園に行かない？」

「つーくんと、ママと、りさちゃんといく？」

ちょうどエンディング曲がかかり始めたのもあり、翼はすぐに理沙の顔を見た。

「理沙ちゃん、翼とふたりで遊びたいなー。ママはちょっとお出かけしなきゃいけないから、理沙ちゃんと公園に行って、ケーキ屋さんでいちごのケーキ食べよう？」

「いちごのケーキ？　いっぱいいちごのってるやつ？」

「いいよー。理沙ちゃんとふたりで遊んでくれるならね」

「うん！　りさちゃんとあそんであげるね！　ママはおでかけしていいよ！」

得意げな笑顔になった翼に、彼女が噴き出す。

「もう約束しちゃった。翼との約束は破れないから、美月はちゃんと出かけてね。翼との初デートなんだから、野暮なことは言わないでよ？」

「安心して。翼のことなら、親戚くらいには知ってるつもりだから」

確かに、理沙にはこれまでずっと助けてもらってきたし、翼と三人で公園や動物園に出かけたことだって何度もある。

人見知り気味で甘えん坊の翼も、彼女にはよく懐いているから、そんなに心配することもないだろう。

「理沙……」

「はい、決まり！　色々考えるのもわかるけど、今すぐ白黒つけなくてもいいから、とりあえず行っておいでよ」

「ありがとう、理沙」

理沙は「お安い御用です」と冗談めかして笑い、今週の土曜日なら仕事が休みだと教えてくれた。

私はただただ、彼女への感謝の気持ちでいっぱいだった――。

四、不思議な感覚　Side 湊

代官山《だいかんやま》駅から程近い場所にある、『ユウキコーポレーション』の本社ビル。

壁半分がガラス張りの二十七階のユウキウェディングCEO室には、高くなった日の光が惜しみなく射し込み、背後のブラインドを下げた。

パソコンに向き直って間もなく、第一秘書の太田《おおた》が姿を見せた。

「社長、そろそろお時間ですが」

「もうそんな時間か。すぐに支度する」

俺よりも三歳上の太田は、信頼の置ける有能な秘書だ。俺の望みを先読みし、常に三歩先を行くように仕事をこなす彼には、日々助けられている。

秘書課の主任でもある太田がいなければ、秘書室は回らないだろう。

少なくとも、俺は今後も彼に第一秘書でいてほしい。

「青山と銀座《ぎんざ》は今月も来客数が好調のようで、すでに今年の予約枠は埋まりました。恵比寿は十月以降がまだ少し空いています」

これから向かう三軒の近況を確認しながら手早く身支度を整え、エレベーターで地下一階に降り、運転手が待機する車に乗り込んだ。

「本日、十七時頃には企画部から新たなプラン案が上がってくる予定ですが、来週の火曜日の会議には参加されるということでよろしいですか」

「ああ、そのつもりだ。できれば、その段階である程度の案を固めておきたい」

二週間前から、企画部では再来春以降に式を挙げるカップルに向けたブライダルフェアのプランを練っている。

式場見学に訪れたお客様を対象にしたもので、その内容は多岐にわたる。

スタンダードなフェアなら、式場内の見学に始まり、式当日に提供するフルコース料理の試食やドレスの試着。それと、見学当日に式の予約をすれば、割引やドレスとブーケのグレードアップなど様々な特典がつく……といったものがある。

これらはすべて、どの会社でもよく見かけるものだろう。

今まで行ってきた中でユウキならではのフェアを上げるのなら、新婦様のみドレスを着用したチャペルでの写真撮影、模擬結婚式に参列などがある。

新婦様がドレスを着用した状態できちんと撮影をすることにより、本番のイメージがより湧きやすくなる。

新郎様には撮影を見学してもらうことになるが、あえてそうすることによってゲストの目線で見られるというメリットがある。

なにより、ふたりで正装して撮影してもらうと満足感を抱かれ、他社で契約されるかもしれない。そういったリスクを避ける狙いもあった。

また、模擬結婚式自体は珍しいことではないが、『参列』という形にすることで式当日の臨場感を味わってもらえるため、挙式から披露宴まで本番と同様に行う。

普通の見学と比べて費用はかかるが、写真撮影も模擬結婚式もとても好評だ。

その後の成約件数は、スタンダードなフェアのときと比べて圧倒的に多い。

今回もユウキ独自のフェアを展開したいこともあって、企画部からはすでにいくつかのプランが上がってきていたが、どれも既視感を覚えてボツを言い渡した。

今日の夕方に目ぼしいものがなければ、来週の会議は難航するだろう。


現在、ユウキコーポレーションの会長には祖父、代表取締役社長には父が就き、俺はユウキウェディングのCEOに任命されてこの春で五年になる。

ユウキコーポレーションは、曾祖父が所有していた一軒のホテルから始まった。

親から莫大な資産と土地を受け継いでいたという曾祖父が、昭和中期に事業を拡大するや否や業績はうなぎ登りで、国内の避暑地などにホテルを構えた。

そして、曾祖父から全権を渡された祖父が、三十年ほど前にリゾートホテルグループとして『ユウキリゾート』を発足させて一気に海外に進出したのち、リゾート婚をメインにしたブライダル事業に参入したのだ。

その後は、リゾートホテル事業を基盤にしつつ旅行業にも展開した。

しかし、約三年半前、当時の旅行業の取締役が起こした不祥事によって業績が悪化し、それを機に事業整理を施して旅行業からは手を引いた。

不祥事を起こしたのは、ユウキコーポレーションの現会長の次男――つまりは父の弟で、俺の叔父にあたる人物だった。

そのため、マスコミは『身内経営の汚点』などと書き立て、一時期は週刊誌やネットでも大きく騒がれた。

業績は落ちる一方だったが、一年ほどの苦境を経てなんとか持ち直し、ブライダル事業の収益がユウキの基盤だったリゾートホテル事業を追い抜いた。

現在は、ユウキウェディングがメイン事業となり、関東圏に二十八店舗の結婚式場兼ブライダルサロンを構え、関西や九州、そして沖縄《おきなわ》や海外にも多数進出済みだ。

ハウスウェディング用の邸宅も複数軒所有し、ユウキコーポレーションの収益の七割近くをユウキウェディングが占めている。

中でも、青山サロンはここ二年ほどの収益がトップクラスで、早くも再来年度の予約が埋まり始めている。見学に訪れたカップルから当日中に成約を取っているのも、グレードの高いプランの成約件数も、今年度は青山が群を抜いていた。

青山サロンのマネージャーやプランナーを始め、スタッフたちの仕事ぶりは迅速できめ細やかで、ひとりとして目につくようなことはない。

この質の高さは、ユウキウェディングの中でも一、二を争うだろう。

立地条件などで人気を博しているのもあるが、スタッフの尽力によっても結果に繋がっていることは言うまでもない。

(なのに、なぜなんだろう……)

収益も上々で不満はなにもないはずなのに、ここに来るとなぜかいつもなにかが欠けているような感覚を抱く。

悲しいわけではないのに、なにかが物足りないような……。満たされない気持ちに近しいものと、寂寥感に似たものが胸の奥底で燻ぶっている気がするのだ。

(本当にどうしたんだろうな)

以前までは、こんなことはなかったはずだ。

ちょうど三年半ほど前の叔父の不祥事で、ユウキが窮地に陥る少し前までは……。

その頃に起こった変化を上げるとするのなら、事故に遭って入院していたこと。

そして、当時から遡って一年ほどの記憶が曖昧なこと……だろう——。

＊　＊　＊

二日後の、二月最後の土曜日。

午前中だけ出社して業務をこなし、海外メーカーの愛車で表参道方面に向かった。

このあと、美月さんと待ち合わせしている俺は、らしくなく心が逸るのを自覚しながらハンドルを握っていた。

美月さんと出会ったのは、ちょうど一か月ほど前のこと。

青山サロンの近所にある公園になんとなく足を向けたあの夜、公園内で夜空を仰ぐ彼女から目が離せなかった。

あのとき、美月さんのどこに惹かれたのかと問われれば、明確な答えは紡げない。

彼女の柔らかな雰囲気か、どこか切なげに夜空を見つめていた横顔か……。

直後に美月さんと視線が交わった瞬間、自分の中の時間が止まったように瞳を逸らせなくなり、とにかく彼女のすべてに心が捕らわれた気さえした。

初対面なのに懐かしさに似たものを感じ、不思議と初めて会った気がしなかった。

あのまま別れるのが名残惜しくて、わざわざ名乗って連絡先を尋ねるだけにとどまらず、生まれて初めて自ら女性を食事に誘うなんて、自分でも信じられなかった。

それまではこちらから異性を誘うことはなく、仕事以外では誘いに応えることもほとんどなかったのに、いったいどうしたことだろうか。

自身の中に芽生えた疑問よりも、美月さんのことをもっと知りたいという思いが強く、その欲には抗えなかった。

初デートでは、それなりに会話が弾んだと自負している。メッセージや電話をしていたときよりもずっと距離が縮まり、彼女も笑顔を見せてくれていた。

美月さんに子どもがいたのは予想外だったが、怯みそうになったのはほんの一瞬のことで、すぐさま冷静さを取り戻すと自分の率直な気持ちを口にした。

もともと、あまり色恋沙汰に関心を持ったことはないが、それ以前に子どもがいる女性を恋愛対象として見たことなんて一度もない。

お世辞にも子ども好きとは言えない俺にとって、それは高い障壁に思えるからだ。

ところが、美月さんが相手だと、それでもまた会いたいという気持ちの方が比べようもないほどに大きく、子どもがいることが諦める理由にはなり得なかった。

俺の直感が、彼女との縁を逃すな、と言っているのだ。

美月さんの秘密を聞いたことにより、まだ打ち明けるつもりはなかった自身の肩書きを話したが、彼女はどう受け止めたのだろうか。

動揺したように見えたのは、美月さんにとって予想外だったから……と考えていいのだろうか。

肩書きを知って喜ばれても複雑な気持ちになったに違いないし、むしろ幻滅に似た感情が芽生えたかもしれない。ところが、戸惑いを浮かべるだけだった彼女を見ていると、どうにも不安が拭えなかった。

それでも、今週に入って再び食事に誘うと、美月さんは木曜日の朝に【土曜日のお昼でよければ】と承諾してくれた。

土曜日の昼間に出てきて子どもは大丈夫なのかと気になったが、ひとまずまた彼女に会えることが素直に嬉しい。

訊きたいことは山ほどあるが、まずはもう一歩距離を縮めることが先決だ。

ただ、欠けているのが一時期の記憶だけとはいえ、記憶喪失であることを黙っているのは少々後ろめたかった。

京料理専門の料亭の一室。

駅前で待っていた美月さんと落ち合ってから、一時間半が経とうとしていた。

「お料理、どれも本当においしかったです」

「よかった。ここの料理は絶品だから、ぜひ美月さんに食べてほしかったんだ」

彼女に笑みを向ければ、微笑が返ってくる。その愛らしい表情に、心がくすぐったいような感覚に包まれた。

今日は友人が子どもを預かってくれているらしいが、何度か時計を気にしている美月さんは、あまり楽しめてはいないのかもしれない。

俺は時間が経つのが早く感じるのに、その落差に微かな虚しさを覚えた。

けれど、これは仕方がないことだ。

だいたい、彼女が平気で子どもを置いてくるような女性だったのなら、きっと惹かれなかったに違いないのだから。

「今日は時間を作ってくれてありがとう。息子さんのことが気になるはずなのに、会ってくれて嬉しかった」

「いえ……」

前回会ってからの二週間は、俺にとっては異様に長く思えた。

仕事が忙しく、睡眠時間を削った日もあったのに……。それでも、美月さんが誘いを受け入れてくれる日まではもどかしかったし、一昨日に会う約束してから今日までは時間軸がおかしいのかと考えるほど待ち遠しかった。

メッセージや電話よりも、やっぱり会える方が嬉しい。

彼女の顔が見られた今日は、心が浮足立っている。

次だけではなく、この先何度も会う約束を取りつけたい。そんな気持ちに反して、戸惑いを浮かべた様子の美月さんを前に、なかなか言い出せずにいた。

本来、彼女は慎重な性格なのかもしれない。

出会ったばかりの男と気軽に出かけるようなタイプには見えないため、そういった部分でもためらいがあるのだろうか。

そんな風に感じていることもあって、美月さんとの関係はできればじっくりと時間をかけて育んでいきたい、と思っている。

一方で、子どものいる彼女がひとりで安易に出かけられないのは、至極当然だ。

そこは理解できるからこそ、せっかく会えた今日のチャンスを逃すことなく、できる限り距離を縮めておきたかった。

「美月さんはブライダル関係の仕事だって言ってたよね。どうして今の業界を選んだのか訊いてもいい？」

じっと美月さんを見つめれば、彼女はおずおずと口を開いた。

「小学校に入学したばかりの頃、両親に連れられて初めて結婚式に出席したんですが、そのときにリングガールをさせてもらったんです。可愛いドレスでおめかしして、ちょっと背筋が伸びたような気持ちになったんですよね」

美月さんの表情が和らぎ、当時を反芻するように懐かしげに目を細めている。

「花嫁さんがすごく綺麗で、会場にいる人みんなが幸せそうで、全部がキラキラしていて……。まるでシンデレラの舞踏会みたいで、子どもながらに感動したんです」

どこかあどけない笑顔に見えるのは、彼女が昔話をしているからだろうか。

「なにより、リングを届けたときに新郎新婦が嬉しそうにしてくれたことが、本当に嬉しくて誇らしかったんです。今思えば、私が無事にリングガールの仕事を達成できてホッとしてたんでしょうけど、私はすごく単純だったみたいで……。こんなに楽しい場所で仕事がしたいって思ったんです」

照れくさそうにしつつも、美月さんは明るい笑みを零した。

「それでブライダル業界に？　子どもの頃からの夢を叶えるなんてすごいね」

「いえ、そんなことは……。本当はプランナーとして復帰したかったんですけど、今は結局は内勤ですし」

「プランナーだったんだ。てっきり、ずっと内勤だったのかと」

「あ、はい。でも、出産前に辞めてますから……」

「プランナーの勤務形態と美月さんの事情を考慮すれば、今は復帰するのは難しいだろうね。だが、将来的には復帰できるんじゃないかな」

「……そうだといいんですが」

ほんの一瞬、彼女の顔に陰りが差した。ただ、ごまかすように微笑まれてしまい、これ以上この話題に触れるのはやめた方がいいと判断する。

「そうだ。もしよければ、息子さんの名前を訊いてもいい？　ずっと『息子さん』って言ってるけど、その言い方は少し失礼かなって。なにより、名前を知りたいんだ」

目をわずかに見開いた美月さんは、程なくして瞳を緩めた。

「翼です」

「翼くんか。空に向かって力強く羽ばたいていけそうな、いい名前だね」

率直な感想を述べれば、彼女が花が綻ぶように破顔した。

鼓動が大きく跳ね、その笑顔から目が離せなくなる。

「ありがとうございます」

もっと美月さんと一緒にいたい。

明確な理由はわからないが、どうしてもそんな風に思ってしまう。

まるで、心が強烈に彼女に惹かれていくようだ。

「俺は今後も美月さんに会いたい」

考えるよりも先に本音を漏らせば、美月さんが瞠目した。

「君は子どもがいることを気にしてたけど、美月さんに子どもがいると知ってからはふたりを切り離して考えたことはないつもりなんだ」

彼女の動揺を感じ取りながらも、今の気持ちを真摯に伝えていく。

「まだ出会ったばかりだが、美月さんにこれからのことを考えてほしいと思う」

身勝手な言い分かもしれない。焦りがあるのもわかっている。

けれど、多少強引にいかなければ、美月さんは俺と距離を取る気がした。ただの直感だが、彼女の戸惑いを目の当たりにしては悠長なことは言っていられない。

「……どうして私なんですか？　結城さんなら、私なんかよりももっと素敵な人がいらっしゃると思います。出会ったばかりですし、同業者ということくらいしか共通点もないですし、子どもまでいるんです。だから……」

まくしたてるような言い方をする美月さんを見るのは、初めてだった。

「どうして、という質問に対して明確な答えは言えない。俺自身も、なぜだかわからないというのが本音だからだ。だが、これだけは言える」

彼女の困惑が手に取るように伝わってきたが、俺も今だけは引けなかった。

「俺は美月さんに惹かれてる。出会った期間や子どもがいることなんて気にならないほど、君に惹かれて仕方がないんだ。できることなら、今すぐに付き合ってほしい」

「……っ」

「覚えておいて。それが今の俺の本心だよ」

俯いてしまった美月さんは、きっと返事に悩んでいるのだろう。

ただ、さすがに今すぐに答えを求める気はなかった。

「今度、翼くんにも会いたい」

ところが、正直な心が俺に大人げない本音を零させてしまう。

「え……？　えっと……さすがにそれは……」

「すまない。少し焦りすぎてるね……」

さすがにバツが悪くなったが、すぐさま彼女を真っ直ぐ見つめた。

「急かすつもりはないし、もちろん今すぐじゃなくていいんだ。ただ、俺がそういう気持ちでいることだけは知っていてほしい」

俺の言葉に、美月さんは最後まで困惑の色を浮かべていた。

名残惜しさを感じながらも、腕時計を確認する。

「そろそろ出ようか。翼くんが待ってるだろうから」

ハッとしたように顔を上げた彼女が慌てて立ち上がり、バッグから財布を取り出したが、俺は苦笑交じりに「気にしなくていいから」と告げる。

「本当にお言葉に甘えてもいいんでしょうか？　先日もご馳走していただきましたし、今回は自分の分くらいは……」

「本当に遠慮しないで。無理に誘った上、口説きたい女性に出してもらうなんて、あまりにも身勝手だろう」

「……っ！　そ、そんな……」

美月さんは頬を真っ赤にしたかと思うと、慌てて首をブンブンと横に振った。

「俺は、美月さんに喜んでもらえたら嬉しいから」

「はい……。あの、ありがとうございます」

ようやくして微笑んだ彼女につられて、頬が緩んでしまう。

本音を打ち明けるのがあまりにも早すぎて、もしかしたら引かれてしまったのかもしれないけれど……。美月さんにまた会えることを願いながら、遠慮する彼女を待ち合わせしていた場所まで送り届けた。

＊＊＊

その夜、再び表参道に繰り出した俺は、『Prologue《プロローグ》』というバーに足を踏み入れた。

六十代半ばのマスターがひとりで営んでいるそこは、表参道駅から徒歩十分ほどの場所にある隠れ家のような店だ。

カウンター席とテーブル席を合わせても二十席にも満たない店内は、小ぢんまりとしているが居心地が好い。ヨーロッパ調のデザインで統一されたブラウンカラーのインテリアが、落ち着いた雰囲気を醸し出している。

ロマンスグレーの髪を綺麗に固めて出迎えてくれるマスターは、聞き上手でも話し上手でもあり、マスターが厳選している酒もおいしい。

「いらっしゃいませ。もうお待ちですよ」

マスターは、俺に笑顔を向けたあとでカウンター席を見遣った。

店内の最奥のスツールに腰掛けていた友人——天堂蒼《てんどうそう》が、俺に気づいて左手を軽く上げる。蒼の隣に腰を下ろし、マスターにバーボンを注文した。

「遅くなって悪い」

「いや、マスターのおかげで退屈しなかったよ」

一級建築士の蒼とは、大学時代にパリに留学していたときに知り合った。

当時、夏休みを利用してフランスを訪れていた蒼は、勉強を兼ねて短期間で複数の国を飛び回っているさなかだった。バルで見つけた日本人の俺が同い年だと知ると、まるで昔からの友人のように馴れ馴れしく話しかけてきたのだ。

本人いわく、日本を出て三週間が経った頃で、日本語が恋しかったのだとか。

そんな出会いだったせいか、俺は蒼に圧倒されつつも早々に打ち解け、今でも定期的に会うくらいの付き合いが続いている。

「仕事は順調か?」

「まあ、それなりだよ。ああ、そういえば、都内に新設予定の美術館を設計することになった。駅からは少し距離があるけど、近くには緑も多くていい立地だ。湊は?」

「特に変わりはない」

「いつも通りの答えだな。でも、変わりがないと生活がマンネリにならないか? そろそろ恋人くらい作れば? どうせ『そんな気はない』って言うんだろうけど」

「……気になる人ならいる」

「えっ⁉　お前が色恋沙汰の話に乗るなんて珍しいな！　相手は誰だよ？」

「別に話に乗ったわけじゃない」

「でも、こういうのって四年ぶりくらいだろ？」

端正な顔に興奮を浮かべた蒼の言葉に、思わず眉を顰めてしまう。

「四年ぶり？」

「ああ、お前は覚えてないんだよな。あんなに大切そうだったのに……」

蒼はグラスを傾けながら苦笑を零し、琥珀色の液体を飲み干してからマスターにおかわりを頼んだ。

「相変わらず記憶が戻る気配はないのか？」

「まったくない。事故のことは未だに記憶が曖昧なままだし、その一年ほど前のことも恐らくちゃんと思い出せてないよ」

三年半ほど前、俺は運転中に事故に遭った。

病院で目を覚ましたときには記憶が曖昧で、事故に遭ったことはまったく覚えていなかった。数日経った頃に運転していたことはなんとなく思い出したものの、それ以外は現在もよくわかっていない。

どこかから帰宅する途中だったのか、それともどこかに向かっていたのか……。仕事で出かけていたわけではなかったようだが、そんなことすらも思い出せない。

しかも、時間が経つにつれて、失っていたのは事故のときの記憶だけではなく、事故から遡って一年ほどの記憶も曖昧だということに気づいた。

仕事や周囲の人間関係については問題なかったが、ときおり鮮明に思い出せないことがあり、自身の記憶と辻褄が合わないことがあると思うようになり始めたのだ。

「じゃあ、やっぱり俺の思い違いか」

ため息を零すと、蒼が頬杖をつきながら俺を見た。

「あの頃、恋人がいるって聞いてたし、湊はその子のことが大切みたいだったから、てっきり結婚する気があるんだと思ってたんだけど」

蒼には、事故の件や記憶が曖昧なことをかいつまんで伝えている。

『社長が記憶喪失なんて外聞が悪い』という父の意向で、俺の記憶のことは漏れないように手を回されていたが、蒼にだけは事故から半年が経った頃に話した。

そのとき、蒼の話を聞いてひとりの女性の存在を知ったが、どんな人なのか、本当に付き合っていたのかすらもわからなかった。

壊れたスマホはともかく、自宅にもそれらしき女性の痕跡はなく、最初の頃は蒼の話を眉唾物だと捉えたくらいだった。

今は蒼が嘘をついているとは思っていないが、結果的にはその女性のことは未だになにも思い出せていない。

蒼の話を聞いた直後は、事故のときに恋人といたのではないかと考えたが、事情聴取を担当した刑事はそんなことは一切言っていなかった。

当時、俺は頭部外傷と肋骨の骨折という全治三か月の怪我を負った。そのため、事情聴取はできる限り短時間で済まされたが、それでも同乗者がいればわかるだろう。

結局、思い出せないまま退院し、ちょうどその時期に叔父の不祥事が発覚したのもあり、その後は自分自身のことに構っている暇なんてなかった。

「湊の事情はともかく、相手から連絡すらないなら別れてたってことなんだろうな。まあ、俺としてはその子と幸せになってほしかったから残念だけど」

蒼が言うには、その女性と付き合っていた頃の俺は、『雰囲気が柔らかくなった』らしい。まったく心当たりがない俺に対し、蒼はため息交じりに苦笑した。

とにかく真実はわからないままだが、詰まるところそれは当時の俺しか知り得ないのだから、こうして考えていても仕方がない。

これまで幾度となく思い出そうとしても思い出せなかったのだから、今日明日で記憶が鮮明になるとは思えない。

「で、どんな子？」

マスターからグラスを受け取った蒼が、気を取り直すように笑った。

二重瞼の瞳が悪戯な弧を描き、俺の答えを待ちわびている様子だった。

「……控えめだけど、芯がしっかりしてる気がするな。子どもがひとりいるんだが、子どもの話をするときが一番幸せそうに笑うんだ」

「は……？　じゃあ、相手はシングルマザーってことか？」

無言で頷けば、唖然とした顔で「お前がよくわからない……」と返ってきた。けれど、次いで蒼は眉を寄せて微笑んだ。

「その女性と上手くいくといいな」

俺は唇の端を軽く持ち上げ、バーボンを口に含んだ。

喉を通るアルコールと一緒に、自分の記憶が曖昧だと理解した頃からずっと心の奥底で燻ぶっている不安を流し込む。

なにか大切なことを忘れている気がするのは、思い違いであってほしい——。

二章　惹かれ合うふたり

一、優しい笑顔と後ろめたさ

結城さんと料亭でランチを摂り、翼と待ってくれていた理沙とカフェで落ち合ってから、かれこれ数時間。

ハイテンションだった翼は、十分ほど前にようやく寝息を立て始めた。

「それで、どうだったの？」

翼が寝付くのを待っていたかのように、彼女が本題に触れてきた。寝室に繋がるドアを閉めたあと、なにから話せばいいのか悩んでいるうちに苦笑が漏れた。

「翼のことは気になったけど、楽しかったよ」

彼と過ごした時間を思い浮かべながら、素直な気持ちを零す。すると、理沙が嬉しそうに目を輝かせた。

「よかったじゃない。で、なにか言われた？」

「う、うん……」

「あれ？　もしかして、その顔ははっきり告白された感じ？」

「……どうしてわかるの」

「なんとなく。美月、ちょっと顔が赤いし」

頬が熱い気がしていたのは、どうやら気のせいじゃなかったみたい。

咄嗟に手で顔を扇いだけれど、彼女の視線を感じてどんどん熱を帯びていった。

「そういう反応するってことは嬉しいんでしょ？　返事はどうするの？」

洞察力が優れている理沙には、きっと隠せない。もし隠せたとしても、翼を預かってまで協力してくれた彼女に、そんなことはしたくなかった。

「返事は急かされなかったんだ。でも、やっぱり……出会ったばかりだし、私がユウキのプランナーだったこととか、記憶がないこととか、翼のことも考えると……」

前回も今回も送迎を申し出てくれた結城さんに、私は丁重に断った。

今日は結局、お店の最寄り駅までは送迎してもらったけれど、帰りの車内では告白のことが思考を占め、あまり会話はできなかった。

「翼のことはなにか言われた？」

「本心かどうかはわからないけど、あんまり気にしてないみたい。それに、『会ってみたい』って言われた」

「そんなにグイグイ来るなんて、よっぽど美月のことが気に入ったんじゃない」

「私、どこにでもいるシングルマザーだよ？　大手企業の社長なんだから、わざわざ私じゃなくても……」

「でもさ、こうも考えられない？　〝誰でもいいなら、わざわざシングルマザーの美月を選ばない〟って」

理沙の言葉には、少しだけ共感できた。

「言い方は悪いけど、小さな子どもがいたら簡単にデートもできないし、普通なら避けるでしょ？　それでも美月を口説くってことは、ちゃんと本気なんじゃないかな。だいたい、三十三歳で社長なら付き合う女性には困らないだろうし」

彼女は『言い方は悪い』と前置きしたけれど、その口調はとても優しかった。

「美月の気持ちはどうなの？　少しは付き合いたいって気持ちもあるんじゃない？」

「……ないって言えば、嘘になるよ。結城さんといると緊張するし、戸惑いもあるけど、温かい気持ちになるんだ。ドキドキするのに、ホッとするっていうか……。でも、さすがにまだ翼と会ってもらう勇気はないし……」

「それって、やっぱり美月も惹かれてるんだよ。頭で考えてるから動けないだけで、本当は自分でもわかってるんでしょ？」

図星を突かれて、なにも言えなかった。

理沙の言う通りで、きっとそれ以上でもそれ以下でもない。

私はすでに結城さんに惹かれていて、彼の想いを嬉しいと感じた。

色々考えると付き合うなんて無理だと思うのに、あの場ですぐに断れなかったのが私の答えだったのだ。

彼女に指摘される前から薄々気づき始めていたことが、確信に変わってしまう。

「でも、私……翼の父親のこともわからないんだよ？　それに、今でも考えるの……翼の父親はどんな人だったんだろうって……」

「何度も言ってるけど……翼の父親のことは美月があんまり教えてくれなかったから、私はよく知らない。ただ、未だに連絡ひとつ寄越さない奴なら、もし付き合ってたとしてもろくでもない男だったんだよ！」

いつも通りに力強く言い切った理沙に、苦笑を零してしまう。すると、彼女が眉を小さく寄せた。

「そもそもさ、恋愛を絡めて考えるからややこしいだけで、翼に会ってもらうだけなら別にいいと思うんだけどな」

「えっ？　それは無理だよ。翼を大人の事情に巻き込みたくないし、もし付き合ったとしてもすぐに会わせようなんて考えてないから……」

「それは恋人なら、ってことでしょ？　友達ならよくない？　結城さんは私と美月の共通の友達で、みんなで遊ぶってことにしちゃえば、なにもおかしくないよね？」

笑顔の理沙に、きょとんとしてしまう。彼女の提案を、すぐに理解できなかった。

「私が同席すれば翼だって変に思わないだろうし、私と美月がいればどうにかなるでしょ。ダメならダメで、しばらく会わせなければいいだけなんだし」

「で、でも、そんなの……」

「難しく考えなくていいんだって！　私、最初から最後までずっと一緒にいるから、一度やってみようよ。そしたら、また気持ちが変わるかもしれないよ」

「結城さんが断ってきたら……？」

「それなら、私は応援できない。親友が同席するくらいで怯むなら、その程度の男ってことでしょ。そんな人に、大切な親友と可愛い翼を任せられないし」

清々しいほどはっきりと言った理沙に、力いっぱい背中を押された。

彼女はいつも、前に進む勇気を私にくれる。

「でも、私は結城さんは断らないと思うよ。あくまで勘だけど、なんとなくこれくらいじゃ引かない気がする。そうじゃなきゃ、こんなに短期間で口説かないだろうし」

理沙は笑っていたけれど、私はそうだとは思えなかった。

さすがの結城さんだってこの提案には戸惑うだろうし、いきなり息子と親友に会うなんて気が進まないはず。

「四人で会うことになったら、親友としてしっかりジャッジしてあげるからね！」

不安はあるし、彼が承諾するとは思えないのに……。満面の笑みで冗談めかした彼女を見ていると、私からも微笑が漏れた。

＊　＊　＊

そろそろ桜の便りが届きそうな、三月中旬。

自宅から徒歩五分ほどのところにあるパーキングに行くと、この場に似つかわしくない漆黒のＳＵＶ車が停められていて、傍には結城さんが立っていた。

「お待たせしてすみません」

「俺も今着いたところだよ」

慌てて駆け寄って頭を下げた私に、彼が柔らかな笑みを浮かべる。

結城さんとランチをしてから二週間。

あの日、理沙の突飛な提案に驚いた私を余所に、彼は四人で会うことを快諾してくれた。つまり、彼女の予想が見事に的中したのだ。

こちらから提案したことではあるものの、電話口で『嬉しいよ』とまで言った結城さんに面食らった。しかも、できる限り翼に配慮したい私の希望に添い、翼がリラックスできるであろう私の家で会うことになった。

自宅を教えることに抵抗がなかったと言えば嘘になるけれど、不思議と彼のことは信頼できる。理沙の意見も踏まえ、大人三人の満場一致で決まった。

「ところで、翼くんっていちごのショートケーキとか食べられるかな？」

結城さんが持っているのは、洋菓子メーカー『Salon de Emilia《サロンドエミリア》』の紙袋だ。

確か、関東には『高邑《たかむら》百貨店《ひやっかてん》』本店にしか店舗がなく、とても人気のお店だというのは知っている。

「お気遣いいただいてすみません……！」

「いや、それはいいんだ。でも、もし翼くんが食べられないようなら、不用意に見せてしまわない方がいいかと思って」

「いちごのショートケーキは翼の大好物です。きっと、喜ぶと思います」

「よかった」

笑顔に安堵を混じらせた結城さんは、もしかして翼の好物がいちごだと話したのを覚えてくれていたのだろうか。そんな風に感じて、自然と笑みが零れる。

翼が食べられるかどうかを先に確かめてくれた彼の気遣いも、とても嬉しかった。

アパートに着いてドアを開けると、翼が笑顔で走ってきた。

「ママ！　あのね、りさちゃんが……っ！」

ところが、翼は私の隣にいる結城さんに気づいた途端、息を呑むようにして固まってしまった。数瞬して、翼が私の足にしがみつき、顔を隠した。

奥からやってきた理沙と彼が、目配せをしつつ会釈を交わす。

「翼、この人はママと理沙ちゃんのお友達だよ。ママ、朝にお話したでしょ？」

「さっき、ご挨拶の練習したよね。ちゃんとご挨拶できた翼、かっこよかったなー」

私と彼女が普段通りに声をかけると、翼がおずおずと顔を上げる。

その様子を見守るようにしていた結城さんが、柔らかい笑みを浮かべた。

「こんにちは、翼くん。結城湊です。お友達になってくれるかな？」

「……ママのおともだち？」

「うん、そうだよ。翼くんとも仲良くしたいな」

彼は玄関先でしゃがむと、翼に優しく話しかけてくれた。

翼は、あまり大人の男性に免疫がない。

保育園の園長先生は男性だし、こんどう亭は男性客が多いから接する機会自体はそれなりにあるけれど……。園長先生とは基本的に挨拶を交わす程度で、人見知りの翼は常連客であってもそれほど懐いているというわけじゃなかった。

「ご挨拶は？　ママと何度も練習したでしょ？」

翼には、私と理沙の友人が来るとは昨夜から伝えてあったし、挨拶の練習もした。彼女が来てからは、得意げに練習の成果を披露していたくらいだ。

とはいえ、実際に結城さんを目の当たりにすると、緊張しているようだった。

「たかなしちゅばさ……。にしゃい」

そのせいか、ようやく口にした挨拶はたどたどしく、自分の名前を『ちゅばさ』と伝えてしまった上、顔半分を私の足に埋めたままだった。

理沙に披露したように、『たかなしつばさです。にさいです』とは言えなかった。

彼女と苦笑を零し合いながらも、第一関門を突破できたことにホッとする。

「翼、今日は結城さんと理沙ちゃんとママと遊ぼうってお話したでしょ？　翼のミニカー、みんなに見せてあげるんじゃなかった？」

翼はハッとしたように顔を上げたけれど、彼と目が合うともじもじした。ただ、警戒心はわずかに和らいだのか、さきほどよりも表情は解れている。

「あ、玄関先ですみません……。狭いところですけど、どうぞ」

「お邪魔します」

結城さんは首を小さく横に振ると、靴を脱いで部屋の中に足を踏み入れた。

昨日はしっかり掃除をしたし、理沙が来る前に片付けもしたけれど、すでに翼が出したおもちゃがラグの上に転がっている。

ミニカーを拾いつつローテーブルの奥側に彼を促し、その対面に理沙に座ってもらい、私と翼はふたりの間に座ることにして口を開く。

「コーヒーか紅茶、どちらがいいですか？」

「じゃあ、コーヒーを。これ、冷蔵庫に入れてもらってもいいかな？」

「……それ、なぁに？」

結城さんから受け取ろうとした紙袋を、翼がじっと見つめた。

「ケーキを買ってきてくれたんだって。あとでみんなで食べようね」

「……いちごのケーキ、ある？」

「あるよ。ママから翼くんはいちごが好きだって聞いてたから、いちごのケーキを選んできたんだ。色々な種類があるよ」

自分の好物があるか気になったらしい翼に、彼が大きく頷いてみせる。

「いっぱい？」

「うん、いっぱいだって。よかったね、翼」

瞳を輝かせた翼は、結城さんに笑顔を向けた。

「ゆうきくん、ありがとう！」

数分前とは打って変わって、急に彼に対する態度が変わった翼に理沙とともに噴き出してしまう。彼女は、小さなピースサインを私に向けた。

「翼くん、湊でいいよ」

「みなとくん？」

「うん」

早速、結城さんの呼び方を変えた翼を見て、失礼じゃないかとハラハラする。

そんな私を余所に、彼は微笑んだまま大きく頷いた。

「ふぅん……。みなとくん、つーくんのミニカーみたい？」

「見せてくれるの？」

「うん、いいよ。『おともだちとなかよくしましょう』なの」

保育園で先生から言われる言葉を説明した翼が、私から離れてミニカーの入った小さなボックスを抱える。それを持ってくると、結城さんの前に並べ始めた。

彼と翼を気にしつつ、冷蔵庫にケーキの箱を入れてからキッチンに立つ。

コーヒーを淹れる傍ら、理沙と私の紅茶も淹れ直し、翼には麦茶を用意した。

「翼、テーブルにそんなにたくさんミニカーを並べたら、飲み物を置けないよ」

「まって！　つーくん、いまおはなししてるの！」

翼は、ミニカーを一台ずつ並べて、車の名前を披露している。お得意のこれが始まると、すべて並べ切るまでは終わらない。

私は彼女と苦笑いで顔を見合わせつつ、テーブルの端の方に飲み物を並べた。

パトカー、救急車、トラック、消防車、クレーン車、キャリアカー。

大人なら知っているであろう車の種類を堂々と教える翼に、結城さんは笑顔で付き合ってくれている。そのあとも、ミニカーの披露が続いた。

「翼くんは物知りだね。こんなにたくさん知ってるなんてすごいな」

「つーくんね、くるまがすきなの！」

とあるメーカーが出しているミニカーシリーズは、翼のお気に入りだ。ショッピングモールなんかに行くと、必ずおもちゃ屋さんに引っ張られてねだられる。

対象年齢は三歳以上だけれど、昨年のクリスマスにこんどう亭の常連客に五台セットになったギフト用のものをもらったのを機に、翼は夢中になってしまった。

高価なものは数千円以上するのに反し、安価なものなら一台五百円ほどで買えると知り、それからはときどき購入している。

両親や理沙からもプレゼントしてもらい、今は十五台ほど集まったところだ。


一時間もすれば翼はすっかり普段通りの笑顔で過ごし、結城さんが持ってきてくれたケーキを前にすると、大喜びでいちごのショートケーキを選んだ。

ショートケーキ、タルト、ロールケーキにはたっぷりのいちごが載っていて、いちごと数種類のフルーツがふんだんに飾られたプリンアラモードに、いちごのモンブランとチョコレートケーキ、いちごのエクレアまである。

「こんなにたくさん……すみません。ありがとうございます」

「色々あったから決められなくて、店員さんのおすすめと人気の商品を入れてもらったんだ。よかったら、美月さんと理沙さんで食べて」

季節的に旬のいちごのケーキは、きっと複数あったのだろう。ただ、決められなかったわけじゃなくて、あえて多めに買ってきてくれたんだと思う。

「結城さんはどれにしますか？」

「俺は最後でいいから、美月さんと理沙さんが先に選んで」

その言葉に甘えて、理沙は好物のチョコレートケーキ、私はいちごのタルトを取らせてもらうと、彼はいちごのモンブランを選んだ。

甘いものが好きな彼女は、満悦の表情でチョコレートケーキを完食してから、「遠慮なくいただきます」とエクレアにも手を伸ばした。

「ママ、つーくんのおなか、ぽんぽんたぬきさんだよ」

翼は大きなショートケーキをほとんどひとりで食べ、私のタルトの上に載っているいちごも欲しがると、膨れたお腹を自慢げに見せた。

「本当だ。翼、たぬきさんになっちゃうかもよ」

「えーっ、ならないよ！　つーくんは、かっこいいうんてんしゅさんになるの！　おっきくなったら、ママをまもってあげるんだもん」

得意げに笑う翼に、結城さんが目を細めている。

その横顔はとても優しくて、まるで大切なものを見つめているようにも思えた。

頭では慎重になろうとしているのに、柔和な眼差しを翼に向ける彼を見ていると、心の奥底から温もりのようなものが芽生えてくる。

それからも、翼は自分のおもちゃをすべて披露する勢いで広げ、結城さんはずっと翼に付き合ってくれていた。

理沙と私が顔を合わせると、彼女は『よかったね』と言わんばかりに破顔した。

翼が寝てしまったタイミングで結城さんが帰ることになり、理沙に翼を頼んで彼をパーキングまで送った。

「今日は翼くんに会わせてくれてありがとう」

「こちらこそ、たくさん遊んでくださってありがとうございました」

「最初は警戒されてたみたいだけど、少しは打ち解けられたかな」

「はい。翼が初対面の男性と笑顔で接することはあまりないんですけど、結城さんが翼のペースにずっと合わせてくださってたので、すぐに緊張も解れたみたいです」

「だったら、美月さんと理沙さんのおかげだよ」

結城さんは笑みを浮かべたあと、ふっと小さなため息をついた。

「子どもと接する機会なんて滅多にないから、実は俺も少し緊張してたんだ。仕事でも緊張することなんてないのに、今朝は早くに目が覚めたくらい」

「全然そんな風には見えませんでした」

「翼くんに警戒心を解いてもらおうと必死だったからね。それに、美月さんの前ではかっこつけたいっていうのもあるかな」

「……っ」

眇めた目を寄越され、鼓動が大きく跳ね上がる。

今日は翼と理沙がいたから、ドキドキするタイミングはほとんどなかった。

もっとも、ふとした瞬間に彼の笑顔にときめいていたのは否定できないけれど。

忙しなくなった心臓をごまかすように顔を伏せる。

「えっと……じゃあ、私はここで。気をつけて帰ってくださいね」

「家まで送るよ」

「いえ、そんな……。歩いて五分もかかりませんから」

遠慮する私に、結城さんが苦笑を零す。

「君と一緒に過ごす口実を奪わないでくれないか」

次いで、彼は甘やかな笑みを湛えて、私を真っ直ぐ見つめてきた。

そんな風に言われて、ドキドキしないはずがない。

せっかく平静を装ったのに、この一瞬で台無しだ。

私の頬は沸騰したように熱くて、真っ赤になっているのがわかった。

結城さんはクスッと笑うと、手早く清算を済ませてしまい、「ほら、乗って」と促してきた。私は言われるがまま、助手席に乗せてもらった。

先日車に乗せてもらったときよりもずっと短い距離なのに、早鐘を打つ鼓動のせいか妙に家まで遠く感じる。

「翼くんはいい子だね」

どぎまぎしていると、彼が前を向いたまましみじみと口にした。

「よく笑うし、表情がコロコロ変わって、天真爛漫だ。『ママを守る』なんて言うのは母親から愛されてる証だろう」

率直な言葉に、喜びと照れくささが込み上げてくる。

「翼くんとは初対面だし、美月さんとも出会ったばかりだけど、今日の美月さんと翼くんのやり取りを見て、ふたりの絆みたいなものをすごく感じた。なにより、君がたくさんの愛情をかけて翼くんを育ててるのが、本当に伝わってきたよ」

お世辞かもしれないけれど、結城さんにそんな風に言ってもらえたことが嬉しい。

「私が翼を育ててこられたのは、理沙や両親に助けてもらったり、理解のある職場にいさせてもらえるおかげなんです。助けてくれる人がいなければ、きっと乗り越えられなかったこともありますから……」

「そうだとしても、翼くんのために一番頑張ってきたのは美月さんだ。それに、周囲の環境だって、君の人柄や努力なくしては手に入らないものだよ」

ツン、と鼻の奥が痛む。

彼がくれた言葉が上辺だけのものじゃないと感じるのは、さすがに都合がよすぎるだろうか。けれど、そう思わずにはいられなかった。

その後、一分も経たずして自宅に着いた。数分前には長く思えた帰路だったのに、あっという間に感じてしまったのはおかしいだろうか。

「美月さん」

戸惑いを隠して車から降りようとすれば、結城さんに呼び止められた。

「もし翼くんが承諾してくれるなら、また会わせてほしい」

「えっ……」

「返事は急がないから考えておいて」

承諾も拒否もできず、曖昧に微笑んで車から降りる。

優しい笑顔を残した彼は、狭い路地で邪魔にならないようにするためか、すぐに車を出してしまった。

車が見えなくなっても、私は少しの間この場から動けなかった——。

その夜、うちに泊まっていくことになった理沙に、「翼を結城さんに会わせたことを後悔してる？」と尋ねられた。

「ううん。翼と結城さんは初めて会ったからまだなんとも言えないけど、少なくとも後悔はしてないし、理沙のアドバイスを聞き入れてよかったって思う。貴重な土曜の休みだったのに、付き合ってくれてありがとう」

エステティシャンの彼女にとって、土日祝日の休暇はとても貴重だ。シフト制で働いているため、週休二日制であっても基本的には平日の休みが多い。

「どういたしまして。今度、ランチでも奢ってよ」

「もちろん。まだこの間のお礼もできてないし、なんでもご馳走するよ」

理沙が「やったね」と笑い、神妙な面持ちになった。

「あの人……結城さんは信頼できると思うよ」

彼女に共感はできるけれど、結城さんに対して現段階では全幅の信頼を寄せられるわけじゃない。

それに、翼の気持ちも気になった。

「翼はどう思ったかな……」

「翼の気持ちなら、美月が一番よくわかってるでしょ」

優しく微笑む理沙に、小さな苦笑を返す。

昼寝から目を覚ました翼は、彼が帰宅したと知ると目に見えてがっかりし、『みなとくんとまたあそびたい』と何度も口にしていた。

それほど楽しかったのだろう。

けれど、いくら翼が喜んでいたとしても、慎重でいたい気持ちは変わらない。

私にとっては、やっぱり自分の感情だけで動けることじゃないから。

「この間、記憶喪失のことやユウキの元社員だったことも気にしてたけど、まだ言わなくてもいいんじゃない？　もう少し様子を見て結城さんと一緒にいたいって思うようなら、それから打ち明けてみても遅くはないでしょ」

後ろめたさはある。

それでも、今は彼女の意見に甘えるように頷いた――。

二、抑え切れない本能

大きく膨らんでいた桜の蕾が綻び始めた、三月末の金曜日。

「ママ！　スマホ、ぶーぶーしてるよ！」

夕食の支度をしている途中、マナーモードにしたままローテーブルに置いていたスマホが鳴ったようで、翼が「つーくんです！」と元気よく電話に出てしまった。

「あっ、翼！　勝手に出たらダメでしょ！」

「みなとくん！」

叱った直後に響いた翼の声で、いっそう焦る。

フライパンの火を止め、背後を振り返りながら慌てて手を洗った。

「うん。……うーんとね、いいよ！　ママのおべんと、もっていく？」

「ほら、翼。ママにスマホちょうだい」

「いや！　つーくん、おなはしするの！　ママはあとで！」

翼はむうっと膨れると、電話越しの結城さんになにか言われているようで、「うんうん」と何度も首を縦に振っている。

ヒヤヒヤしながら見守っていると、程なくして翼がスマホを耳から離した。

「みなとくん、ママとおはなししたいんだって」

「はい、ありがとう。……もしもし？　あの、高梨です。翼がすみません」

『いや、翼くんに癒されたよ』

耳元で低い声が反響する。胸の奥が高鳴り、鼓膜がくすぐったくなった気がした。

『突然、電話してごめんね。明日、仕事の合間に少し時間が取れそうなんだ。もしよかったら、また翼くんと遊びたいなと思って』

「え？」

『といっても、翼くんとはもう約束したんだけどね』

見開いた目がさらに丸くなった私は、さきほど翼が口にしていた『ママのおべんと、もっていく？』の意味を理解する。

『ごめん、ずるいとは思ったんだけど……。ただ、翼くんには明日とは言ってないから、もし都合が悪ければまた改めて会えたら嬉しい』

視線を下げれば、翼は期待に満ちた目で私を見上げていた。

一瞬揺れた天秤がすぐさま答えを出し、たじろぎながらも彼の誘いを受け入れた。

翌日、翼のお気に入りの公園に行くと、結城さんが待ってくれていた。

正午間近の穏やかな日差しの中、私たちに気づいた彼が破顔する。スーツ姿を見るのはこれで三度目なのに、なんだか眩しかった。

「こんにちは、翼くん」

「みなとくん！　はやくあそぼ！　つーくん、すべりだいしたいの！」

私が頭を下げると、翼は微笑んだ結城さんの手を握った。彼と私で翼を挟む形になり、まるで親子三人で遊びに来ているように見えるんじゃないだろうか。

そこでハッとし、図々しい妄想を追い払うように首を横に振ると、翼が「はやく！」と急かしながら私たちをグイグイと引っ張った。

滑り台で遊びたがっていた翼は、目的地まで一直線だ。

その間、この公園にはどんな遊具があるのかを得意げに話している。

結城さんは優しい瞳で相槌を打ち、翼の拙い説明にきちんと耳を傾けてくれた。

気をよくした翼は、滑り台をしっかりと堪能し、ブランコを彼に揺らしてもらって遊んだあと、石拾いに付き合わせた挙句、砂場に行くと言い出した。

「翼、お砂場はまた今度にしよう」

「やだ！　おやまのトンネルちゅくるのっ！」

結城さんの格好を考慮して止めれば、翼が膨れっ面になってしまう。

彼は「いいよ、行こう」と承諾してくれたけれど、私はトートバッグを見せた。

「唐揚げと卵焼きといちごのお弁当食べる人ー?」

にこっと笑った私に、翼がハッとしたような顔になり、慌てて右手を挙げる。

「はーい! つーくん、たべる! ウインナーもある?」

「あるよー。今日は翼の大好物ばっかりだよ」

お弁当に気を取られた翼は、ひとまず砂場の件は頭から抜けたようだ。

「結城さんの分もありますので、よければ……」

「え? 本当に作ってきてくれたの?」

翼は彼にお弁当のことを尋ねていたけれど、きちんと約束していたわけじゃない。

「嬉しいよ。ありがとう」

そのせいか、結城さんは喜色を浮かべた。

「あ、でも、大したものじゃないので……。本当に普通のお弁当ですよ」

「美月さんが作ってきてくれたことが嬉しいんだ」

「ママのおべんと、おいしいんだよ!」

慌ててハードルを下げたのに、翼が堂々とそれを上げてしまう。

彼はクスッと笑うと、「それは楽しみだな」と瞳をたわませた。

数種類の具材のおにぎり、唐揚げ、ウインナー、だし巻き卵、作り置きの冷凍ハンバーグ。さつまいもの甘煮とマカロニサラダを添え、デザートにはいちごとりんご。すべて翼の大好物を詰めたお弁当は、本当にごく普通のものだ。

ただ、結城さんに食べてもらうことを考えて、一応メインは唐揚げとハンバーグの二種類を用意し、朝からマカロニサラダとさつまいもの甘煮も作った。

彼の口に合うだろうかとドキドキする私を余所に、翼が早速ウインナーを頬張る。

「お口に合うかわかりませんが、よかったらどうぞ」

「じゃあ、遠慮なくいただきます」

結城さんにプラスチックの取り皿を渡せば、彼は丁寧に両手を合わせ、割り箸で唐揚げを取って口に運んだ。

まるで固唾を呑むような気持ちの私は、思わず結城さんの顔を凝視してしまう。

程なくして、彼が頬を綻ばせた。

「おいしい。お世辞じゃなく、俺が好きな味付けだ」

そう口にした結城さんは、だし巻き卵とさつまいもの甘煮にも手を伸ばした。

綺麗なスーツを着た彼には似合わないメニューなのに、本当においしそうに食べてくれるから嬉しくなる。

胸を撫で下ろしつつコップに麦茶を淹れて差し出すと、柔和な瞳を向けられた。

「美月さんの手料理を食べたのは初めてなのに、なんだか懐かしい気持ちにさせられるよ。口に合うっていうか、肌に合う……って表現が近いかもしれない」

穏やかな眼差しの結城さんは、「やっぱり不思議だな」と呟きながらも鮭のおにぎりをかじり、ふっと気を抜いたような笑みを零した。

「お口に合ってよかったです。もしよければ、たくさん食べてください」

「ありがとう。本当においしいから、ひとりで食べてしまいそうだ」

「だめ！　つーくんの、とっちゃだめ！」

「翼、たくさんあるから大丈夫だよ。ほら、いつもより大きいお弁当でしょ」

「ごめんごめん。でも、翼くんの言う通り、ママの料理はおいしいね」

素直に褒めてくれる結城さんの言葉に、私は頬が熱くなり、翼はなぜか誇らしげに胸を張っている。

春風が優しく通り抜け、五分咲きの桜が小さく揺れる。

いつも通りのレシピで作ったお弁当なのに、普段よりもおいしく感じた。

「そうだ、これ」

お弁当を食べ終える頃に彼から差し出されたのは、白い封筒。受け取って中を確認すると、品川にある水族館の大人用のチケットが二枚入っていた。

「もうすぐ翼くんの誕生日だよね？　よかったら理沙さんと二人で行っておいで」

それは暗に、先日のお礼が込められていたのだろう。あえて理沙を誘うように言われたことが、私に確信を抱かせた。

けれど、チケットを見つめる私の心の中には、別の案が浮かんでしまう。

「あの……一緒に行きませんか？」

半ば勢いで口にしたのは、そうでもしなければ自分から誘えないと思ったから。

自分自身でもこんな行動に出るなんて予想外だったけれど、結城さんは私以上に驚いているようだった。

「俺と一緒でいいの？　もちろん、俺は嬉しいけど……」

仕事の合間を縫ってわざわざ公園に来て、スーツが汚れるのもまったく気にせずに翼に付き合ってくれた。

翼と石拾いまでしてくれた彼の姿を見て、もっと一緒に過ごしたいと思ったのだ。

「ご迷惑でなければ……」

「そんなわけない。本当は俺が誘いたかったけど、こういうところは気心が知れた友人と行く方がいいかと考えただけだよ」

快諾してくれた結城さんを前に、安堵の微笑が漏れる。

きょとんとしていた翼に状況を説明すると、翼はキラキラと目を輝かせ、とびきりの笑顔で飛び跳ねた。

その様子を見つめる彼の瞳は、まるで慈愛を含んでいるように優しかった。

＊＊＊

約三週間後の、四月十七日。

今日で三歳を迎えた翼の誕生日のお祝いを兼ね、これから水族館に行くことになっている。

翼は何日も前から『おたんじょうびはあした？』と『すいぞくかんはあした？』を繰り返し、本当に楽しみにしていた。今朝なんて普段よりも一時間も早く起き、まだ朝食も食べないうちからリュックを背負おうとしていたくらいだ。

少し前に連絡をくれた結城さんは、もうすぐうちに着く頃だろう。

送迎まで申し出てくれた彼に恐縮しつつも、今回は甘えさせてもらうことにした。

アパートの外に出て待っていると、すぐに黒いワゴン車が目の前に停まった。

「おはよう」

「おはようございます」

「みなとくん、おはよー！　すいぞくかん、はやくいきたいねぇ！」

「車だからすぐに着くよ。俺も楽しみにしてたんだ」

運転席から降りてきた彼に促された後部座席には、チャイルドシートが設置されていた。用意してくれるとは聞いていたけれど、改めて恐縮してしまう。

「すみません。チャイルドシートまでレンタルしてもらって……。車も先日と違いますけど、これもわざわざ借りてくださったんですか？」

「いや、車は買ったんだ。これから三人で出かける機会が増えれば、ファミリーカーの方が便利かと思って。チャイルドシートはとりあえずレンタルだけどね」

あまりのことに声も出せずに呆然としていると、結城さんがクスクスと笑う。

「別に、これを盾に『付き合え』なんて言わないから安心して」

意味深な笑みを前にたじろぐ私を余所に、翼は大きな車に乗れることに興奮して「きゅうきゅうしゃみたいだねぇ」と騒ぎ、大喜びでチャイルドシートに座った。

「ペンギンさん、いるかなぁ。みなとくん、ペンギンさんすき？」

「うん。動物はわりとなんでも好きだよ」

翼のおかげで、結城さんの意外な一面を知ることができた。動物が好きなんて、なんだか可愛く思えてしまう。

公園で遊んでから今日までの三週間、彼とは三回会っていることもあり、翼はすっかり打ち解けている。翼が短期間で他人に懐くのは珍しく、嬉しい誤算だった。

もっとも、結城さんが仕事の合間を縫って会う時間を作ってくれているのはもちろん、公園で桜の花びらを拾ったり、長時間アリを眺めたり……といった遊びを提案する翼に根気よく付き合ってくれていることが大きい。

さらには、ただ私たちの顔を見るためだけにいちごのケーキを持ってきてくれたり、夜にかかってきた電話で翼の話し相手になってくれたり……。とにもかくにも、彼は常に翼に合わせてくれている。

そんな日々を思い返せば、翼のこんな態度も当然のものなのかもしれない。


水族館に着くと、翼のテンションはいっそう上がった。

これまで動物園や屋内の遊び場、遊園地には連れて行ったことがあるけれど、翼は水族館に来るのは初めて。薄暗い場所もあるため、水族館はまだ早いかもしれないと思っていたから、翼の喜びようを見て安心した。

大きな水槽にも、縦横無尽に泳ぎ回る魚たちにも、翼の目は釘付けだ。後ろに倒れるんじゃないかと心配になるほど、熱心に水槽を見上げている。

目をキラキラと輝かせる翼を見守りながら、自然と笑みが零れた。

結城さんの表情はいつにも増して優しく、その横顔に胸が高鳴った。

目が合うと私にも微笑みかけてくれるのは嬉しいのに、鼓動がうるさくなったせいで上手く笑顔を返せない。それでも、何度も彼に視線を奪われてしまっていた。

「ママ、だっこ！」

翼が一番楽しみにしていたペンギンゾーンには、人だかりができていた。

せがまれるままに「おいで」と微笑んで抱き上げたものの、私の身長ではきちんと見せてあげることができない。

「みえないよー」

「うーん……人が多いからね。でも、少し待てば前の方に行けると思うから」

「翼くん、肩車してあげようか」

「えっ？」

「みなとくん、かたぐるまできるの？」

「ははっ、翼くんくらいの子ならできるよ。これでも力持ちなんだ。おいで」

「やったー！」

結城さんの腕の中に飛び込むようにした翼を、彼は事もなげに受け止めてひょいっと持ち上げた。戸惑う私を余所に、翼はあっという間に肩車をしてもらった。

「すみません……」

「どうして謝るの？　謝る必要なんてないだろ？」

「でも……服が汚れますし、三歳児でも結構重いですから……」

「服は洗えばいいし、俺の方が美月さんよりも身長が高くて力もある。なにより、せっかく一緒に来てるんだから、こういうときは頼ってくれていいんだよ」

なんでもないことのように笑う結城さんに、頬が勝手に綻んでしまう。

視界が開けた翼は、念願のペンギンを見てはしゃいでいた。

結局、イルカショーを観るとき以外はずっと、彼が翼を肩車してくれたままで館内を回り、大喜びの翼は水族館を気に入ったようだった。

「つーくん、どうぶつえんとすいぞくかんすき！　あしたもいく？」

まだ水族館にいるうちからそんなことを口にする翼に、私は思わず苦笑を零したけれど、結城さんは目を細めている。

チケットを用意してくれた彼にとっても、翼の喜ぶ姿は嬉しいのかもしれない。

朝からずっと興奮している翼は、いつもの昼寝の時間をとっくに過ぎているというのにちっとも眠そうじゃない。このままだと、あとでぐずってしまうだろう。

「翼、そろそろ帰ろうか。水族館はまた来ようね」

それを懸念する私を余所に、翼は結城さんに買ってもらったペンギンのぬいぐるみを大事に抱き、「まだあそぶ！」と言い張った。

楽しいのはよくわかる。

生まれて初めての水族館で、一八〇センチはある彼にずっと肩車をしてもらって、絵本やテレビでしか知らなかったペンギンやイルカを間近で鑑賞できた。

翼にとって、今日は興奮材料ばかりが並んでいるのだから。

もっと遊ばせてあげたいと思う。一方で、このままハイテンションが続くと明日以降に体調を崩すんじゃないか……と心配だった。

「翼くん、ドライブしないか？」

すると、結城さんがにっこりと笑った。

「どらいぶ？」

「うん。車に乗ってどこかに行くんだ」

「する！　みなとくんのくるま、おっきいからすき！」

すぐに翼の心を摑んだ彼が、私にも笑顔を向ける。「それでいい？」と訊かれ、反射的に首を縦に振った。


車に乗って五分もしないうちに、翼はチャイルドシートで眠ってしまった。

結城さんに言われるがまま、彼がコーヒーショップでドリンクを調達してくれている間に助手席に移る。

程なくして戻ってきた結城さんからカフェオレを受け取ると、彼は「本当にドライブしよう」と誘ってくれ、私は笑みを浮かべた。

他愛のない会話をする中、結城さんは海が臨める海浜公園へと向かい、海に向けて車を停めてくれた。目の前には、キラキラと光る海面が広がっている。

「今日は色々とありがとうございました」

彼は、水族館のチケットを用意してくれ、車で迎えに来てくれた。

それだけじゃなく、昼食をご馳走になって翼にぬいぐるみまで買ってもらい、ドライブまで。しかも、翼をずっと肩車してくれていた。

「あんなにずっと肩車をしてもらえることなんてなかったので、本当に嬉しかったんだと思います。これまでは、私と私の父にしかしてもらったことがありませんから」

私と父では、肩車なんてあまり長時間はできない。

私はそこまで力がないし、父も最近は腰痛がひどくなり、翼を抱っこするのもつらそうなときがあるからだ。

父親がいなくても不便さや不満を感じさせたくないと思う反面、こういった些細なことですら我慢を強いているのかもしれないと思ってしまうこともある。

だからこそ、翼を楽しませてくれた結城さんに、感謝の念が尽きなかった。

「一度訊いてみたいと思ってたんだが、翼くんの父親って……。もちろん、言いたくなければ無理に訊くつもりはないんだけど」

控えめに切り出した彼が、間髪を容れずにフォローを添える。いつか尋ねられることは予感していたけれど、すぐに口を開けなかった。

理沙は『まだ言わなくてもいい』と言ってくれた。

けれど、今日までの短い期間であっても、結城さんのことはもう信頼している。

なにより、今日一日のことを振り返れば、彼に信頼で応えたいとも感じた。

少しの間を置いて、私は体ごと運転席側を向いた。

「私……一時期の記憶がないんです」

「え？」

「出先でタクシーに乗ってたときに事故に遭ったそうで、その頃の記憶が曖昧な部分が多くて……。それが、約三年半前のことです」

「じゃあ、もしかして……」

「翼の父親については、まったく覚えてません……」

目を見開いていた結城さんが、言葉を失ったように私を見つめた。

「恋人だったのか、別れた人だったのか……それすらもわかりません……。あのときから今日まで相手からの連絡もなくて、当時住んでた部屋にもそれらしき人の痕跡はありませんでした。だから、今もなにもわからないままなんです……」

こんな話、信じてもらえるのだろうか。あまりにも現実離れしているし、嘘だと思われないだろうか。

そんな不安が、頭の中を駆け巡る。

「妊娠がわかったとき、私には心当たりがなかったので、とても怖くて……。絶対に産んで育てるなんてできないと思いました。でも……」

堕胎するのは、もっと怖かった。自分の中に芽吹いた小さな命を失ったら、いつか取り返しがつかないくらい後悔するんじゃないかと思った。

「たくさん悩んで、私は産むことを決めました。最初から父親がいない子どもなんて不幸な思いをさせるかもしれないけど、その分たくさんの愛情を注ごうって決めて」

ひとりでふたり分の愛情をかけ、どんなときも翼を守っていくと決めた。

その決意は今も変わっていないし、翼の誕生日が来るたびに改めて誓いを立てる気持ちにすらなる。

いい母親になれているかはわからないけれど、母親の欲目であっても翼はいい子に育ってくれていると思う。

甘えん坊でわがままな一面もあるものの、小さな体でたくさん我慢をしていることを思えば、それを受け止めるくらいなんてことはない。

「ひとりで産むなんて、並大抵の意志じゃできないと思う……。その上、記憶喪失なんて……。想像もできないほど、不安が大きかったはずだ」

私の心を慮るように眉を寄せた結城さんを前に、鼻の奥がツンと痛む。その熱をこらえるよりも早く、視界がわずかに滲み始めた。

「だが、そんな美月さんだからこそ、俺は惹かれたんだと思う」

真っ直ぐな瞳に、胸が大きく高鳴る。けれど、すぐに気になったのは別のこと。

「こんな話……信じてくださるんですか?」

「信じるもなにも、美月さんを疑ったことはないよ。現実的には考えにくいことだけど、君がこんな嘘をつく理由なんてないだろ？　仮に、なにか後ろめたいことがあって嘘をつくなら、もっと信じてもらえそうなものを用意するはずだ」

複雑そうに苦笑を零した彼が、やがて柔らかな微笑を湛える。

「でも、美月さんはそういうことはしないと思ってるよ。それと、今の話を聞いた上で、改めて感じたことがある」

結城さんを見つめ返すと、形のいい唇が開かれた。

「翼くんの母親である君も、ひとりの女性としての君も、俺は好きだ」

「……っ」

さきほどの優しい言葉に泣きそうだった私は、追い打ちをかけるように微笑んだ彼の告白で胸がいっぱいになる。

喜びが突き上げてくるさなか、こらえていた涙が零れ落ちた。

「私は……そんなに立派な人間じゃありません……」

これまで、何度もへこたれそうになった。

妊娠中はひどい悪阻で心が折れかけたこともあったし、出産のときの壮絶な痛みにはなにがなんだかわからないほど混乱した。

予定日よりだいぶ早く生まれた翼の体は小さく、慣れない授乳に苦労して、母乳が上手く出ないときには自己嫌悪に陥ったこともある。

夜泣きが収まらない翼を抱きながら、涙が止まらないときもあった。

離乳食に苦戦し、言うことを聞かない翼を大声で叱ったあとで猛省したこともあれば、翼と歩道を歩いているときに急に手を離されて背筋が凍ったこともある。

つい最近までひどかったイヤイヤ期には手を焼き、叱っている私に向かってミニカーを投げた翼をさらにきつく叱責した日もあった。

それでも、助けてくれる両親や、いつだって翼ありきで私と会うことを考えてくれる理沙がいて、理解のある職場で働ける私の環境は恵まれている。

そう思っているけれど、もう無理かもしれない……と泣いた夜は数え切れない。

理沙にはいつも相談に乗ってもらっている反面、翼のことであまり弱音を吐くと心配させてしまうため、できるだけ言わないようにしてきた。

出産に反対していた両親には、今でもなんとなくこんな気持ちは話せない。

「俺から見れば美月さんは立派だし、素敵な女性だよ」

だからこそ、結城さんの言葉が嬉しくてたまらず、ずっと張り詰めていた糸が切れたように涙が止まらなくなった。

「泣かせるつもりはなかったんだけどな……」

「……すみません」

鼻を啜る私は、慌ててハンカチを出して目頭を押さえる。

「いや、いいんだ。俺は、美月さんや翼くんと楽しい時間を共有したいけど、それと同じくらい君の心の拠り所になりたいとも思ってるから」

「結城さん……」

「最初は、美月さん自身に惹かれたのは事実だ。でも、翼くんとも会うようになってからは、翼くんの前で君が見せる幸せそうな笑顔をとても好きだと思った」

真剣すぎるほどの双眸に、私は呼吸を忘れてしまいそうになる。

それなのに、彼から視線を逸らせなかった。むしろ、逸らしたくなかった。

結城さんの言葉が、彼が打ち明けてくれた想いが、とても嬉しい。

そして同時に、自分の中でとっくに息づいていた感情に気づかされてしまった。

(私も……きっと、結城さんのことが……)

好きだ、と心と思考が訴えてくる。

疑いようもないくらいに高鳴る鼓動が、胸の奥をくすぐるような感覚が……。結城さんが与えてくれた温もりに応えるように、甘く切ない感情を教えてくる。

知らないはずの感覚なのに、それはどこか穏やかな懐かしさみたいなものを孕んでいて……。記憶がないまま前に進むのは怖いのに、彼との未来を想像してしまう。

「焦らせるつもりはないんだ。翼くんのことはもちろん、君自身の気持ちともゆっくり向き合ってくれればいい。でも、心の片隅で俺の想いを留めておいてほしい」

不安と恐怖が、心の中でグルグルと混ざり合う。

けれど、そこには確かに喜びと温もりもあって、もっと奥から突き上げてくる恋情に蓋をしたくはない……と思った。

「私も……結城さんに惹かれてます。……ううん、もうあなたのことが好きです」

そう感じた直後、半ば勢いで素直な想いを口にすれば、結城さんが瞠目した。

私は彼を見つめ、息をゆっくりと吐く。

「でも……私にとって一番大切なのは翼です。それだけはなにがあっても揺らぎません。ふたりきりで会うのも簡単じゃないですから普通のお付き合いはできませんし、ご迷惑をおかけすることだってあると思います。それでもいいんでしょうか……？」

ときどき会うような関係性ならまだしも、付き合うならきっと翼がいるせいで思うように動けないときが何度もあるだろう。

この先ずっと、私にとっては翼よりも優先できることはないだろうから……。

「美月さんが翼くんのことを最優先にするのは当たり前だし、そんなことで拗ねるような人間じゃないつもりだよ。それに、なにかあればふたりで考えていけばいい。不安があるだろうけど、それを取り除けるように努力もする。だから――」

静かに伸びてきた手が、私の手に重なる。

結城さんの体温を感じて、拍動がいっそう大きくなった刹那。

「これからは恋人として会ってほしい」

彼は私の手をギュッと握り、真摯な眼差しを向けてきた。

返事は、もう悩む必要なんてない。

「はい……」

まだ涙に濡れている瞳で弧を描いて頷けば、数瞬して結城さんが破顔した。

「大切にする。もちろん、翼くんのことも」

不安は数え切れないほどあるけれど、彼を信じていたい。

そんな気持ちで手を握り返せば、結城さんが優しい笑みを零した。

この日の夜、翼と彼と三人で食べたバースデーケーキは人生で一番おいしくて、喜ぶ翼につられるように私も笑顔が絶えなかった――。

三、優しい抱擁

翌日の日曜日、仕事を終えた理沙が翼の誕生日プレゼントを持ってきてくれた。

「えぇっ!? 付き合うことにしたの!?」

翼が眠ったあとで昨日のことを報告すると、彼女はどんぐり眼で大声を上げた。

「ちょっ……！ 声が大きいよ！」

「あ、ごめん……！ いや、でも……付き合うだろうとは思ってたけど、予想以上に早いからびっくりして……。どういう心境の変化なの？」

「一緒にいるとホッとするし、もちろん楽しいのもあるよ。でも一番は、結城さんが翼ありきで物事を考えてくれてることが大きいかな」

結城さんの言葉の中にはいつも、私だけじゃなくて翼もいる。彼が提案してくれるのも、翼を優先した過ごし方ばかりだ。

私にとって、それはなによりも嬉しいことだった。

もし方便だったとしたら、スーツが汚れるのも厭わずに公園で遊んでくれたり、ずっと肩車をしてくれたりもしないだろう。

不安はまだあるけれど、そんな結城さんの姿を信じて彼と一緒にいると決めた。

この先どうなるかはわからない。

それでも、今は確かな幸せを感じている。

ひとまず、その気持ちを大切にしていようと思ったのだ。

「なるほど。確かに、結城さんって翼のことを蔑ろにはしないよね」

「うん。初めて三人で公園で遊んだあとも公園に付き合ってくれたり、短時間でも会いに来てくれたりするし、翼のことも考えてくれてると思う」

さすがに車を購入していたことには驚きを隠せなかったものの、結城さんは帰り際に『この車もこれから役に立ちそうだ』なんて冗談めかして笑っていた。

やることのスケールが大きいところは理解できない。ただ、彼なりに色々と考えた上で行動してくれていることは伝わってくる。

「あ、そうだ。これ、結城さんから預かってたんだ。最初に翼と会うときに立ち会ってくれたお礼だって」

アフタヌーンティーの優待券を渡せば、理沙が目を真ん丸にした。

「ここ、すごく人気のホテルじゃない！　気が利くどころか出来すぎなんだけど！しかも、ちゃんとふたり分あるよ。美月、近いうちに一緒に行こうよ」

「私でいいの？　翼がいるとゆっくりできないし、町田《まちだ》さんか他の友達と――」

「私は美月と翼と行きたいの！　翼は聞き分けがいいし、もし仮に他のお客さんの迷惑になりそうなら、早く出るとか交代で席を外すとか対策すればいいんだよ」

恋人や他の人と行くことを勧めた私に、彼女が食い気味に言い切ってしまう。

その勢いに苦笑しつつも、当たり前のように私を誘ってくれたことが嬉しかった。

「結城さんにお礼言っといてね。それから、おめでとう。美月は悩みすぎるところがあるけど、美月と翼の気持ちを大切にしてね。相談ならいつでも乗るから」

「ありがとう」

本当に、理沙には見透かされてばかりだ。

けれど、そんな親友の存在が心強くて、自然と笑みが零れる。

彼女も安堵交じりの表情で微笑んでいた――。

「旅行？」

予想だにしない提案に驚いたのは、理沙が来た翌日の夜のこと。

仕事帰りに私の家に来た結城さんが、ゴールデンウィークに旅行に誘ってくれた。

彼が来たことでハイテンションだった翼は、ようやく眠ったところだ。

「うん。丸二日休める日がないから近場になるけど、予約が取ればどうかなと思って。ロッジかコテージにすれば気兼ねなく過ごせるし、近くに動物園か水族館があるような場所なら翼くんも喜んでくれないかな？」

結城さんの話はとても魅力的で、なにも考えなければ二つ返事で受けたい。

その一方で、旅行自体がハードルが高い気がするのはもちろん、彼とは一昨日に付き合い始めたばかりということもあって、戸惑いが大きかった。

（世間ではこれくらい普通なのかな？　ゴールデンウィークの頃には付き合って半月だけど、そのタイミングで旅行に行くのって早い気も……）

私の恋愛経験は、恐らく翼の父親だけ。学生時代の淡い恋の思い出は覚えているものの、誰かと付き合った記憶はないため、たぶん間違いないはず。

つまり、今の私にとって、恋人と旅行に行くのは初めてになる。加えて、翼も一緒に行くとなるとどう振る舞えばいいのかわからない。

もっとも、翼を置いていくという選択肢はないから、結城さんが『三人で行く』という前提で話してくれているのは嬉しいのだけれど。

ひとりグルグルと悩んでいると、彼がクスリと笑った。

「心配しなくても、翼くんの前で手を出したりしないよ」

「そっ……！　そんなつもりじゃ……！」

悪戯な笑みを浮かべる結城さんは、きっと私が戸惑っている理由を見越していて、その上でそんな風に言ったのだろう。

自意識過剰な自分が恥ずかしくなり、頬の熱をごまかすように視線を彷徨わせた。

「といっても、今からじゃ予約が取れるかはわからないし、ひとまず美月さんの意見も訊いてから決めようと思ったんだけど……あんまり乗り気じゃない？」

じっと見つめられてたじろぐ。

彼には本心を見透かされている気がして、もごもごと口を動かした。

「そういうわけじゃないです……。行きたいなって思います」

「じゃあ、決まり。明日の朝までにどこか見繕っておくよ」

結城さんは瞳をたわませ、「どこがいいかな」と呟いた。

ただ、彼いわくゴールデンウィークにのんびり休むことはできず、連休の四日目の午後から五日目の午前中まで……というスケジュールになりそうなのだとか。

（それって、予約を取る以前にゆっくり旅行できないんじゃ……）

結城さんが誘ってくれたことは嬉しいけれど、彼に無理をしてほしくはない。

「あの……私はお出かけできなくてもいいので、無理しないでくださいね」

「俺が美月さんと翼くんと出かけたいと思ったんだ。だから、無理はしてないよ」

それは、結城さんの思いやりだったのかもしれない。それでも、彼の言葉も気遣いも、私を笑顔にしてくれた。

「翼くんが喜べそうな場所があるといいんだけど」

結城さんと一緒なら、翼はどこに行ってもはしゃぐに違いない。

それを伝えれば、彼は面映ゆそうに破顔した。

＊　＊　＊

今年のゴールデンウィークは飛び石連休になってしまい、五日間しかない。

そのうち結城さんがまともに休める日はないようで、彼は四日目の午後の仕事終わりにあのワゴン車で迎えに来てくれた。しかも、今回は水族館に行ったときと同じタイプの新品のチャイルドシートが設置されていた。

驚いた反面、車を購入した結城さんなら……とどこか納得する気持ちもあって、戸惑いつつもお礼を告げた。

目黒通りに向かった車は、二十分ほど走ったところで自由《じゆう》が丘《おか》の閑静な住宅街の一角で止まった。

戸建て住宅の駐車場には以前乗せてもらった黒い車が停まっていて、彼はその隣に並べるように駐車した。

「着いたよ」

「ここがみなとくんのおうち⁉」

「うん。危ないから、車から降りても走らないようにね」

運転席から振り返った結城さんに、翼は「はーい！」といい返事をしている。

反して、私は外観からして大きな家を前にたじろいでいた。

旅行は、距離的なことやスケジュールを考慮すると都合のいい宿が取れず、残念ながら延期になった。その代わり、彼の家に泊めてもらうことに決まったのだ。

てっきりマンション住まいだと思い込み、翼が興奮してはしゃぐことを視野に入れて最初は断ったけれど……。結城さんが『一軒家だから気にしなくていいよ』と言ってくれ、彼に言われるがまま甘えたものの、さすがに尻込みしてしまう。

「おっきいねぇ。おしろみたいだねぇ」

車から降りた翼は、大きな家を見上げて目を真ん丸にしていた。

「中はそこまで広くないし、お城にしては小さすぎるよ」

翼の反応にクスクスと笑う結城さんが、重厚な門扉を開けて玄関へと促してくれ、私は翼の手を引いて彼について行った。

黒を基調とした大理石が敷きつめられた玄関で靴を脱ぎ、広い廊下を進んだ先には二十帖以上はありそうなリビングが広がっていた。

間取りは6LDKなのだとか。地上二階、地下一階という豪華な造りで、ひとりで住むにはあまりにも広すぎるように思え、リビングの片隅で絶句してしまう。

「すごーい！　ママ！　じぃじのおみせよりおおきいよ！」

「翼、走っちゃダメ！　いい子にしてるってお約束でしょ！」

呆然としていた私は、広い室内に大興奮して走り出した翼を叱り、なんとか捕まえて「おうちでは走りません」と言い聞かせる。

翼は眉を下げてしゅんとしながらも、反抗心を見せるように唇を尖らせた。

「リビングはそんなに物を置いてないからいいよ」

「そういうわけにはいきません。しっかり言い聞かせておかないと、どんどん調子に乗ってしまいますから」

優しく微笑む結城さんに首を横に振り、翼を真っ直ぐ見つめる。

「翼、朝ご飯のときにママとお約束したよね？　結城さんのおうちではいい子にしてるって。なにかを壊したり怪我をしたりしないように、おうちの中では走らないで」

「……つーくん、ちょっとだけだもん。いっぱいはしってない」

「ちょっとでもダメなの。お返事は？」

隣に彼がいるせいか、翼はいつもよりも聞き分けが悪い。返事をするどころか頬を大きく膨らませ、首をブンブンと横に振った。

「……翼。ママとのお約束が守れないならおうちに帰るよ。ママだって、いつも翼とのお約束を守るでしょう？」

「やだ……」

しかも、顔をくしゃりと歪め、今にも泣きそうになっている。

だからといって叱らないわけにもいかず小さなため息をつくと、結城さんがフローリングに膝をつき、翼と目線を合わせて柔和な笑みを浮かべた。

「翼くん。ママのこと、好き？」

拗ねている翼は、いつもなら『ママきらい』と言っていたかもしれない。けれど、彼からの質問だからなのか、今日は不服そうにしながらもこくりと頷いた。

「翼くんが怪我をしたら、ママがすごく悲しむよ。もちろん、俺だって悲しい。翼くんはママに悲しい気持ちになってほしい？」

「ううん……」

「じゃあ、家の中で走るのはやめておこうね。その代わり、あとで庭で遊ぼう。翼くんと遊ぶためにサッカーボールを買っておいたんだ」

「ほんと？」

「うん、本当だよ。庭の方が広いから、きっとたくさん走れるよ」

たちまち笑顔になった翼が、「うん！」と明るい返事をした。そのあとで、どこかバツが悪そうに私を見上げた。

「ママ……ごめんなさい……」

「うん。ママも叱ってごめんね。お約束、ちゃんと守ってね」

「……うん。ママ、なかなおりのギューは？」

「仲直りのギューーッ！」

笑顔で頷き、その場にしゃがんで翼を抱きしめる。

すると、翼の顔に普段の明るい笑みが戻り、嬉しそうに笑い声を上げた。

その様子を見ていた結城さんは微笑ましげにしていて、彼と目が合った私はわずかな面映ゆさを感じた。

結城さんが淹れてくれたコーヒーは、香り豊かでとてもおいしかった。きちんと豆を挽いてくれたようで、翼用には信州《しんしゅう》産のりんごジュースが用意されていた。

お茶のあとは、翼との約束通りに彼が庭に案内してくれた。リビングの大きな全面ガラス窓から見えていた庭は、リビングよりもずっと広く、青々とした芝が敷かれている。

翼は大喜びで走り回り、転んでも痛くなかったのか笑顔で起き上がっていた。

「すごく広い……。ここで過ごされることもあるんですか？」

「息抜きに空気を吸いに出るくらいかな。普段はろくに足を踏み入れもしないよ」

結城さんはピカピカのサッカーボールを片手に、「夏にはプールでもしようか」と提案し、翼は満面の笑みで頷いている。

「ぜったいだよ？　おやくそくだからね？」

「うん、約束するよ。指切りでもする？」

小指を差し出した彼に、翼が小指を絡めようとしているけれど、手の大きさが違いすぎて指切りしにくそうだ。

それでも、結城さんは笑顔で応じ、ボールの蹴り方を教えてくれた。

これまで子ども用のボールばかりで遊んでいた翼は、ちゃんとしたサッカーボールがよほど嬉しいのか、一生懸命蹴っている。

彼いわく、小さな子に適したサイズらしいけれど、翼にとっては少し大人びた気分にでもなったのかもしれない。どこか誇らしげにも見えて、つい笑ってしまった。

「翼くんが気に入ってくれてよかった」

ひとりでボールを蹴り出した翼を見守りながら、結城さんに相槌を打つ。

改めてお礼を言うと、彼はなんでもないと言わんばかりの笑みでかぶりを振った。

今日は運動公園に行く予定だったけれど、結城さんの家がすっかり気に入った翼が『ここであそぶ！』と言い張り、お出かけは中止になった。

「すみません、翼のわがままで……」

「翼くんがうちで楽しんでくれて嬉しいよ。俺は美月さんと翼くんが喜んでくれるなら、行き先はどこでもいいんだ。それに、美月さんの大切なものを大切にするのは恋人として当たり前のことなんだから、そんなに気を遣わなくていい」

ふっと瞳をたわませた彼が、私を真っ直ぐに見つめてくる。

穏やかなのにどこか男性らしさを感じる意味深な視線を寄越されて、反射的に鼓動が大きく弾んだ。

意図せずに頬が熱くなり、心臓が忙しなく暴れる。喜びと同時に、くすぐったさと恥ずかしさが重なって、どうすればいいのかわからなくなった。

そんな私を見て、結城さんがクスクスと笑っている。

「やっぱり、俺は美月さんたちがいてくれるだけで楽しいよ」

彼も楽しんでくれているのは伝わってくるけれど、からかわれている気もして、素直に喜んでいいのか……と微妙な気持ちになった。

けれど、優しい笑顔を前に、いつの間にかまた私も満面の笑みになっていた。


その夜、翼は『みなとくんとおふろにはいりたい』と言い出した。

結城さんは、迷惑になるからと翼をたしなめようとした私を制し、快く受け入れてくれ、翼を連れてバスルームに行った。

その間『寛いでいて』と言われた私は、翼が彼を困らせていないかと気が気じゃなくて、大きなL字型のソファに腰掛けながらもソワソワしていた。

「ママ！　みなとくんちのおふろ、おっきいんだよ！」

そんな私の心配を余所に、バスルームから戻ってきた翼は興奮した様子で自慢げに話し、結城さんは「翼くん、いい子だったよ」と微笑んだ。

聞けば、翼は少し苦手なシャンプー中もじっとし、体を拭くときも保湿クリームを塗るときも大人しかったようだった。

「至れり尽くせりですみません」

「いいんだ。色々話せて楽しかったよ。保育園でのこととか、美月さんのこととか、たくさん聞かせてくれた」

(翼、変なこと言ってないよね……？)

保育園の話はともかく、私のことはなにを話したのだろう……と不安になる。

彼は私の心情を見透かすように、クスクスと笑った。

「料理上手とか、いちごのケーキを半分こするときは大きい方を翼くんにあげるとか、他愛もない話ばかりだよ」

ホッとしつつも、なんだか恥ずかしくて結城さんをきちんと見られない。彼は「美月さんもゆっくり入っておいで」と微笑み、バスルームに案内してくれた。

翼の言う通り、バスルームもとても広く、ジェットバス付きのバスタブは私が両足を伸ばしてもまだ余裕があった。

大理石の床と光沢のある漆黒の壁のせいか、ホテルに滞在している気分になる。

普段はひとりでバスタイムを過ごせることなんてないのもあいまって、ゆったりとした贅沢な時間とは裏腹に、心は落ち着かなかった。

「住む世界が全然違うんだよね……」

最初に食事に誘ってくれたのも、告白してくれたのも結城さんだったとはいえ、彼がどうして私を選んでくれたのかは未だによくわからない。

結城さんの想いは聞かせてもらったものの、私にそれだけの価値があるとは思えなくて、まだ彼と恋人だという実感は湧いていない気もする。

(あんなに素敵な人に好きだって言ってもらえて、翼のことも私のこともすごく考えて大切にしてくれて……。幸せすぎて……私、大丈夫かな)

幸福感と不安が隣り合わせなのは、先のことはなにもわからないというのもあるけれど、結城さんにまだ話せていないことがあるのも要因だろう。

(今夜こそ、ちゃんと言わなきゃ)

そんな決意を抱えてバスルームから出たあと、どう切り出そうかと考えながら髪を乾かし、リビングに戻った。

すると、翼はソファに座る結城さんの膝の上にいて、私と離れていたことなんて気にも留めていないようだった。

楽しそうなふたりを見て喜びが込み上げる反面、わずかに寂しさも感じてしまう。

「よく温まった？」

「はい。ありがとうございました」

「ママ！　あのね、みなとくんといっしょにねるおやくそくしたよ！」

いつの間にかそんなことが決まっていたため、少しして彼の寝室に移動し、キングサイズのベッドで川の字になって寝転んだ。

結城さんと私に挟まれた翼は、にこにこと満悦した笑顔でいる。

「つーくん、みなとくんのおうちにすみたいなぁ」

「翼のおうちはここじゃないでしょ」

「俺はいつでも大歓迎だよ」

たじろぎつつも翼をたしなめる私に反し、彼は微笑ましげにしている。

「だいかんげい？」

「いつでもおいで、ってことかな」

「ママ、みなとくんがいいって！」

満面の笑みになった翼は、「あのねぇ……」と切り出した直後に静かになった。

「あれ？　寝ちゃった？」

急に黙った翼の顔を覗き込む結城さんに、「そうみたいです」と返す。

「子どもって、本当に電池が切れたように寝るんだね」

不思議そうにしつつも瞳をたわませる彼は、しばらくの間スヤスヤと眠る翼の顔を見ていたけれど、不意に「少しあっちで話さない？」と尋ねてきた。

熟睡する翼の様子を窺ってから承諾し、ふたりでそっと寝室を抜け出した。

「もしよかったら、美月さんだけゲストルームで寝てくれてもいいよ」

リビングのソファに肩を並べれば、開口一番そんなことを言われた。

それが結城さんの気遣いであるのは明白だ。彼はきっと、翼が三人で寝ることを提案したとき、私が動揺したことに気づいていたのだろう。

けれど、結城さんと一緒に眠るのが嫌なわけじゃない。

「えっと……でも、翼が起きたときに私が隣にいないと泣くかもしれないので……」

そんな気持ちを主張するように遠慮すれば、彼が眉を寄せて小さく笑った。

「俺と一緒に寝るのは嫌じゃないんだね？」

「それはっ……！　その、嫌なわけじゃなくて……。結城さんと一緒だと緊張するっていうか、寝顔を見られるのが恥ずかしいっていうか……」

「まいったな。そういうことを言われると、なにがなんでも寝顔が見たくなるよ」

「結城さんっ……！」

「冗談だよ。美月さんはすぐ顔に出るね」

からかうような視線を私に向けて笑う結城さんに、ドキドキさせられてしまう。

悔しいと思う余裕もないほどに胸が高鳴って、頬が熱くなっていった。

「ああ、そうだ。付き合ってるんだから、名前で呼んでくれると嬉しいんだけど」

「え?」

「俺も〝美月〟って呼びたいし」

眇めた目で見つめられ、息を呑む。彼は唇の端を持ち上げ、そっと口を開いた。

「俺の名前、呼んでみて」

「そんな……急には無理です」

「それなら、誕生日プレゼントってことで」

「え……? もしかして……結城さん、今日が誕生日だったんですか!?」

「うん、実はね」

「そんな……! 私、プレゼントの用意なんてできてないです……」

そういえば結城さんは五月生まれだと聞いていたのに、彼の家に泊まることへの緊張感ですっかり頭から抜けていた。

「いいんだ。プレゼントなら、もうもらったから」

慌てふためく私に反し、結城さんが瞳で柔和な弧を描く。

「美月さんと翼くん……ふたりと過ごせたことが、一番のプレゼントだよ」

そんな風に言ってもらえるようなことはなにもできていない。

むしろ、私たちの方が幸せな時間を与えてもらったくらいだ。

プレゼントは用意できなかったけれど、せめて特別な日である今日のうちにひとつくらいは彼の希望を叶えたい。

「……っ。……み……湊、さん……」

緊張で声を震わせながらも名前を呼ぶと、結城さんが満足げに瞳を緩めた。

その表情には素直な喜びが表れていて、彼のことを可愛いなんて思ってしまった。

「美月」

「は、はい……」

「なんだか照れるね」

言葉にされるといっそう恥ずかしさが増して、どぎまぎしたけれど……。それ以上に胸をくすぐったのは、どこかで感じたことがある気がする温もりだった。

（まただ……）

結城さんと一緒にいると、なぜか懐かしさのようなものを抱くことがある。

初対面のときから今日まで、いったい何度こんな気持ちを抱いただろう。

甘い空気が漂うさなか、切ないような感覚が込み上げてくる。

理由がわからない感情たちを持て余しそうになったとき、さきほどの決意を思い出してハッとした。

「あの……私、結城さ……湊さんにまだ言ってないことが……」

「言ってないこと？」

ふと怪訝な顔つきになった彼を前に、緊張感が走り抜ける。

大きくなった不安に押し負けそうになる中、深呼吸をして本題に触れた。

「私が元ウェディングプランナーだということは話しましたが……。実は、当時はユウキウェディングの青山サロンで働いてたんです」

目を見開いた結城さんは、一瞬言葉を失ったように黙ったけれど。

「美月には何度も驚かされるな……」

すぐに眉を下げてそう零し、私を真っ直ぐ見つめた。

「どうして今まで黙ってたのか、訊いてもいい？」

責めてるわけじゃないよ、と優しく付け足され、小さく頷く。

彼の口調にそういった感じはなく、ただ疑問を解消したいという雰囲気だった。

「私……クビになったんです」

「クビ？」

「はい……。ちょうど事故に遭ったあと、記憶喪失のこともあって主治医の勧めで病休を申請しようと思ってたんですが、人員整理で辞めるしかなくなって……」

一気に険しい面持ちになった結城さんを見て、思わず言葉に詰まる。

彼はすぐにハッとし、慌てたように表情を和らげた。

「だから黙ってたの？」

「すみません……。人員整理でクビになったなんて言いづらくて……」

「……いや、謝らなくていい。そういう事情なら言えなかったのもわかるよ」

すんなりと受け入れてもらえたことに安堵する反面、ついさきほど目にした結城さんの表情が気になった。

「美月と付き合うことになったときに、俺は君のすべてを受け入れる覚悟はしてる。だから、なにも心配しないで」

「湊さん……」

そっと伸びてきた腕が私を引き寄せ、そのまま結城さんに抱きしめられた。

彼のシャンプーの香りが、鼻先をふわりとくすぐる。

初めての抱擁にドキドキする鼓動の傍で、心はどこか落ち着いていて。そんなはずはないと思うのに、この温もりを知っていた気がした。

（湊さんといると、やっぱり懐かしいような気持ちになる……。どうして……？）

胸を燻ぶる疑問に、心がざわめく。

けれど、答えを見つけることはできなくて……。

「湊さん、お誕生日おめでとうございます」

戸惑いを押しのけて顔を上げ、満面の笑みで結城さんを見つめた。

「ありがとう」

彼は私を腕の中に閉じ込めたまま、幸せそうに破顔した――。

四、度重なる違和感が生んだ疑念　Side 湊

ゴールデンウィーク最終日の夕刻。

「恵比寿はやっぱり厳しいな」

太田とともに出向いた恵比寿サロンを後にし、車内でため息が漏れた。

「近年の結婚式の需要は、落ち込み気味ですから」

「青山や銀座、代官山は好調だ。恵比寿も同じプランを打ち出してる以上、それは理由にならない」

隣に座る太田を一瞥すれば、彼は「失礼いたしました」と口を閉じた。

「海外ウェディング同様、都内の業績も見直さなければいけないな」

「そちらは経営企画部に打診しておきます」

「ああ、頼む。あと、海外事業部ともミーティングがしたい」

順調だったブライダル事業も、ここ最近の業績は伸び悩んでいる。

数年前に迎えた令和元年には『令和婚』の謳い文句に煽られるように大きな利益を生み出したものの、すでに落ち着きを取り戻してしまった。

以前は『派手婚』と言われる結婚式が多かったが、近年の不景気や地味な式を好むカップルが増えたことにより、最近はささやかな式が人気だ。結婚式をしないカップルも増加しており、こういった事情は今後もブライダル業界を悩ませるだろう。

一方で、プランの中ではグレードの高いハウスウェディングが流行っている。

ハウスウェディングとは、ゲストハウスを一棟丸々貸し切って式を挙げること。

ゲストハウスを半日から一日押さえることによって、装飾や演出などに対する制約が少なくなり、チャペルやホテルでの式よりも新郎新婦の要望を叶えやすい。

ユウキウェディングでは、西洋風から和モダンな邸宅まで様々な雰囲気のゲストハウスを所有しているため、ハウスウェディングでも選択肢の多さを誇っている。

さらに、ゲストの中に老齢の親族などがいる場合にも融通が利きやすく、たとえば介護士や看護師に付き添ってもらうこともできる。晩婚化が進んでいることもあってか、バリアフリー対応のゲストハウスの人気は年々高まっていた。

結婚式の需要が落ち込む中で、ハウスウェディングを強みにできるのは大きい。

画期的なプランを打ち出せば、恐らく今後の業績を大きく左右するだろう。

そういった意味でも、これから最も力を注ぎたい部分でもある。

「来週の新プラン案の会議のあと、収益が低いサロンを対象にしたプランも出すように通達するか」

「企画部が泣きますよ」

「俺の方でも考える」

「社長は現段階でも業務量が膨大です。今夜は会食ですし、来週には福岡《ふくおか》出張も控えていますが」

「別に海外に行くわけじゃない。それに、有能な秘書がいるからどうにかなる」

「私が請け負えるのは、秘書としての業務だけですよ」

「充分だ」

小さな笑みを浮かべれば、太田は眉を寄せて微かなため息を零した。

会食を終え、一度会社に戻ってから帰宅すると、二十三時を回っていた。

ソファにスーツのジャケットを放り投げ、冷蔵庫を開ける。直後、普段なら買うことがないりんごジュースが視界に入り、ふと頬が綻んだ。

今日はどうしても出社しなければいけなかったため、開園と同時に入園した動物園で十四時前に彼女たちと別れたが、ふたりはそのあとも楽しんでいたようだ。

さきほど、美月から写真とともにお礼のメッセージが送られてきた。

そこに写っている翼くんは、熟睡している。

両手には、今日プレゼントしたライオンのぬいぐるみと水族館で買ったペンギンのぬいぐるみを宝物のように抱えていた。

美月と付き合えることになったときは、とても嬉しかった。

長期戦になることを想定していたため、予想よりも早く自分の気持ちを受け入れてもらえて驚きはしたものの、彼女の想いを知って幸福感に包まれた。

俺にとっては、美月がシングルマザーであることも、記憶喪失だった時期があることも、ちっとも不安要素ではなかった。

大変なこともあるかもしれないが、ひとつずつ向き合って解決していけばいいと考えていたし、美月とならそれができると思っている。

それよりも、彼女と翼くんと過ごせる時間を大切にしたい。

元来、子ども好きではなかった俺が、翼くんだけは可愛いと思う。

少しくらいわがままを言われても気にならず、リビングを走り回る姿を見ても微笑ましく思え、笑顔を向けられれば心が温かくなる。

美月が翼くんを叱ったときには可哀相にも見えたが、しっかりと言い聞かせる彼女の姿は母親の表情そのもので、厳しさの中に深い愛情を感じた。

それに、仲直りと称して抱きしめ合うふたりの姿には、笑みが零れた。

同時に、美月と翼くんがれっきとした家族であり、俺はまだふたりの絆の中には入っていけないと改めて自覚した。

もちろん、今後はもっと距離を縮めていくつもりだが、何年経っても翼くんには敵わない予感を抱き、三歳児相手に微かな羨望の情を持ってしまったほどだ。

こんなこと、決して彼女には言えないけれど……。それでも、俺は俺なりにふたりとの絆を築いていこうと思っている。

(朝にはまだここにいたんだよな)

庭を見遣れば昨日の昼間に三人で笑い合っていたことを思い出し、自宅のあちこちに美月と翼くんの気配が残っている気がして、自然と頬が緩んでいく。

今朝、目を覚ましたときに照れくさそうにしていた彼女の表情にも、愛らしい笑顔にも、鼓動が高鳴って仕方がなかった。

こういうのを幸せと呼ぶのだろう……なんて、ひとり密かに考えたくらいだ。

けれど、直後には昨夜抱いたばかりの違和感を思い出した。

美月がウェディングプランナーだったことは以前に聞いていたが、まさかユウキの社員だったとは思いもしなかった。

シングルマザーと聞いたときや記憶喪失であると知ったとき、もうこれ以上驚くようなことはないだろうと思っていたのに……。正直、これまでで一番大きな衝撃を受けた。

なによりも驚愕したのは、彼女がユウキを辞めた理由だ。

『人員整理で辞めるしかなくなって……』

過去に不祥事を起こしてクビにした社員は数名いる。

お客様の内情をSNSで漏らしたり、横領したり……という社員を退職させた。

だから、美月から『クビ』という言葉が出たときには、その中のひとりだったかと脳裏に過って顔が強張った。

ところが、彼女は退職理由を『人員整理』だと言い、俺は大きな違和感を抱いた。

なぜなら、俺がユウキウェディングのCEOに就任して以降、人員整理などしたことは一度もないからだ。

叔父の不祥事で経営が傾きかけたときですら、収益が大きかったブライダル事業を縮小するのは賢明ではないと判断し、必死に手を尽くして人員整理はしなかった。

つまり、美月の話と俺の記憶に、大きな矛盾が生じてしまったのだ。

彼女の言動を振り返れば、嘘をついていたとは思えない。

あのあと聞いたところによると、役員秘書が手続きを促しにきたのだとか。

美月いわく、有無を言わさない状況だったようで、『お客様からの評価が低い者が人員整理の対象になった』と説明されたようだった。

しかし、彼女がいた青山サロンでは大きなクレームが入ったことはなく、これまで評判の悪いスタッフはひとりもいなかった。

俺の知る事情を踏まえれば、美月の言い分を鵜呑みにはできない。

彼女を疑っているわけではないが、冷静に考えると明らかにおかしいのは明白だ。

そこまで思い至ったところでスマホを手にし、太田に電話をかけた。

『はい、太田です。どうかなさいましたか？』

「遅くにすまない。ひとつ、内密に調べてほしいことがある。高梨美月という元社員の情報を出してくれないか。青山の元プランナーで、四年近く前に辞めた人物のようなんだ。できるだけ早めに報告が欲しい」

『承知いたしました。明日の朝、ご報告いたします』

「ああ、頼む。すまないな」

『仕事ですから、そのようなお言葉は無用です』

彼らしい口調に苦笑が漏れ、お礼を告げてから通話を終えた。

きっと、明日の朝には真実がわかるだろう。

もやもやと燻ぶる違和感を抱えながらシャワーで汗を流し、企画部から上がってきたばかりの企画書に目を通してからベッドに入った。

慣れ親しんだベッドが普段よりも広く感じるのは、昨夜のせいに違いない。

寝相の悪い翼くんに蹴られて何度も起こされたが、キングサイズのベッドが狭く感じてしまっても、美月と翼くんと並んで眠る夜は幸せだった。

ようやく彼女の心を手に入れ、これから三人でもっと楽しい時間を過ごせるはず。

だから、違和感や不安に気を取られている暇なんてない。

自分自身に言い聞かせるように息を吐き、シーツにほんのりと染みついた美月の残り香を抱えるように瞼を閉じる。

ところが、広く冷たいベッドが不安を煽るようで、なかなか寝付けなかった――。

翌朝、太田からの報告を聞き、耳を疑ったあとで眉を寄せた。

「ない？」

「はい。過去のデータをどれだけ検索しても、高梨美月という人物の社員データは一切ありませんでした。もちろん、すべてのデータを確認済みです」

彼は優秀だ。調べられなかったということは、まずありえない。

つまり、本当に該当者がいなかったのだろう。

もう少し調べてもらおうかと考えたが、一拍置いて息を短く吐いた。

「……わかった。手間をかけてすまなかった」

「よろしいのですか？」

「ああ。必要なら俺の方で調べるよ。この件は忘れてくれ」

太田は怪訝そうにしていたが、そこは信頼の置ける秘書である。すぐに「承知いたしました」と返事をし、今日のスケジュールを確認してからＣＥＯ室を後にした。

（……どういうことだ？）

元社員とはいえ、ユウキのスタッフだった美月のデータがないなんてありえない。デジタル化が進んでいなかった何十年も前ならともかく、今は退職者も含めてすべての社員データを保管している。

どう考えても、彼女のデータがないのはおかしい。

美月が嘘をついている可能性も芽生え、それを振り払うように首を横に振る。

ありとあらゆる状況を考えたが、彼女がそんなことをするメリットはないはずだ。

あの夜、俺たちが公園で出会ったのは偶然で、アプローチをしたのは俺からだ。

そんな俺に対して美月が戸惑っていたのは知っているし、彼女になにかされたわけでもない。

（だったら、なぜだ？　どうしてあるはずのものがない？）

社員や顧客のデータは厳重に管理してある。セキュリティは万全のはずだ。

（……まさか。……いや、だが……）

ふと脳裏に過ったのは、まだ美月に話せていない自身のこと。

そして、俺の記憶喪失の時期と彼女のその時期が重なっているのではないか……と感じたこと。

美月が泊まりに来た夜、俺も記憶喪失であることを伝えるつもりだった。

しかし、リビングに移動したあとに打ち明けられた彼女の話に驚き、少なからず困惑していたせいでそれどころではなくなり、タイミングを逃してしまった。

あのとき、本来なら自身の記憶の一部が曖昧である件を話した上で、美月のこともっと詳しく尋ねるつもりだった。

たまたまだと思う反面、事故の時期や記憶喪失のことを考えるたび、心のどこかで引っかかっていたからだ。

もちろん、そんなことがあるはずはない……という気持ちの方が九割を占めているが、残り一割ほどの疑念を捨て切れずにいる。

けれど、今にして思えば、あの夜に打ち明けなくてよかったのかもしれない。

罪悪感はあるものの、こうした疑念が生まれた以上はきちんと調べてから話す方がいいだろうし、彼女には余計な不安を感じてほしくないというのもあった。

考えたくはないが、もしも美月が嘘をついていたとして。なんらかの理由で俺を騙すつもりだったとしても、それは俺の見る目がなかったということで済む。

反して、お互いの関係性に溝ができるようなことを彼女にむやみに伝えてしまい、なにもなかった場合、俺たちの間にわだかまりが残るかもしれない。

そんな風になるくらいなら、まずはできる限りのことをしておきたかった——。

＊＊＊

「湊さん?」

柔らかな声音にハッとして視線を上げれば、美月が不安そうな面持ちをしていた。

箸を持ったまま静止していた俺を怪訝に思ったようで、彼女は「お口に合いませんでしたか?」と眉を下げた。

目の前の光景は、普段なら目にしないようなものだ。

見慣れたテーブルには、美月が作ってくれた料理が並んでいる。

ポークソテー、マッシュポテト、ミートソースで和えたペンネ。野菜たっぷりのサラダに、ベーコンと玉ねぎのスープ。

俺の家に来ている彼女が、俺と翼くんが遊んでいる間に用意してくれたものだった。

「みなとくん、おいしくない？　ママのごはん、すきじゃない？」

「そんなことはない。どれもすごくおいしいよ」

翼くんの頭を撫でながら、ふたりの不安を取り除くように微笑む。

美月はホッとしたような顔になったが、再び心配の色を浮かべた。

「もしかして、翼とずっと遊んでくださってたので疲れさせてしまったんじゃ……」

「違うよ。むしろ、美月と翼くんと過ごせる幸せを噛みしめてたんだ」

笑顔を見せれば、彼女が面映ゆそうに頬を染める。

「つーくん、トマトいらない。きらいだもん……」

その愛らしい表情に頬が綻んだ直後、翼くんがサラダのミニトマトをフォークで器用に避け始めた。

「翼、トマトちゃんの絵本、好きでしょう？」

「えほんとちがうもん」

絵本を引き合いに出した美月に、翼くんが頰を膨らませる。

彼女は苦笑を浮かべつつも、「翼」と優しく声をかけた。

「ひとつだけ食べよう？　前は食べられたでしょ？　ほら、あーんは？」

しぶしぶ口を開けた翼くんは、顔をしかめながらも半分にカットされたミニトマトを咀嚼している。そのまましばらく苦戦し、なんとか飲み込んでいた。

「偉いね、翼。きっと大きくなれるよ」

「ああ、本当に偉いね。サッカーもすぐに上手くなると思うよ」

「ほんと？　じゃあ、もういっこたべる！」

美月と俺に褒められて、翼くんは満更でもなさそうに笑う。

気をよくしたのか、もうひとつミニトマトを頰張り、必死に咀嚼していた。

子どもらしい姿に心が癒され、彼女と目が合ったときには笑みを零し合った。

食後には翼くんとお風呂に入り、翼くんが眠ったところで先日と同様に寝室を抜け出し、美月とふたりでリビングに移動した。

「あの……湊さんは明日も出社されるんですよね？　今さらですけど、私たちがいたらゆっくり休めないんじゃ……」

「この業界にいたら、土日祝日の方が忙しいのは仕方がない。それに、疲れてるときこそ、ふたりの笑顔に癒されるよ」

にっこりと微笑めば、彼女の頬が朱に染まる。

素直な反応に、心がくすぐられた。

カレンダー通りに働く美月に反し、俺は土日祝日の出社も珍しくはない。

結婚式は、主に土日祝日や大安に行われるからである。

本社勤務といえども、視察も兼ねてサロンを回ったり、結婚式に立ち会ったりすることもあるため、これは仕方がないことなのだ。

だから、こうして土曜の夜にはできるだけ時間を作るように心掛けている。

今日は、美月は翼くんを連れて朝から公園やショッピングモールに行き、翼くんが昼寝をしていた隙に夕食の下拵えをしていたようだ。

仕事帰りに迎えに行くと、彼女はお泊まりセットとは別に大きなトートバッグを抱えていて、家に着いてすぐに夕食の支度に取りかかってくれた。

その間、俺は翼くんに抱っこや肩車をせがまれたり、翼くんのお気に入りのミニカーを一緒に走らせたりと、実に濃厚な時間を過ごした。

美月は、俺の体調を気遣って申し訳なさそうにしていたが、俺としては翼くんと仲良くできるのは嬉しい。

遠慮を見せながらも喜色を浮かべる彼女に、その気持ちはいっそう大きくなった。

「美月こそ、夕食を作るのは大変だっただろう」

「いえ、ちっとも。翼とふたりで食べるときよりも作り甲斐があります。それに、湊さんが喜んでくださったので、私も嬉しかったです」

お弁当以外で美月の料理を食べるのは初めてだったが、どれもおいしかった。

以前も感じたが、口に合うのはもちろん、肌に合う感じがするのだ。

どれも特別な料理ではないし、彼女いわく『一般的なレシピ』なのだとか。それでも、自分の好みにぴったりとはまる感覚がある。

「俺も美月の料理が食べられて嬉しかったよ。ありがとう」

「ああいうものでよければ、また作ります」

「じゃあ、近いうちにキッチン用品を美月の好みのもので揃えようか」

料理はできないわけではない。ただ、自炊は滅多にしない。

調理器具はあるが、ろくに使いもしていないため、入居時に適当に揃えたものしかなかった。

「今あるもので充分ですよ。うちよりいいものが揃ってますし、オーブンもグリルも高性能なので、気後れしたくらいです」

困惑交じりに笑う美月は、「だから買わないでくださいね」と念押ししてきた。

デートのためにワゴン車を購入したことを、未だに気にしているのだろうか。

あれは結局とても役立っているし、即決で購入したことにもなんの後悔もないが、彼女からすれば理解できないようだった。

「わかった。でも、もし必要なものがあれば遠慮なく言って。もちろん、キッチン用品じゃなくてもいい。バスローブでも枕でも」

「それも大丈夫ですから。でも、ありがとうございます」

付き合う前から感じていたことだが、美月は本当に欲がない。

翼くんの好物やミニカーは買おうとするのに、自分のものは必要最低限で済ませているのだろう。

彼女の服もバッグも、そのほとんどがファストファッションだ。

どれも大切に愛用しているのが見て取れ、アクセサリーは初対面のときとふたりきりで会った日以外につけているところは見たことがない。

けれど、肌や髪はとても綺麗で、美月自身に清潔感と清楚な雰囲気がある。

そういうところも、彼女に惹かれた理由のひとつだったのかもしれない。

美月と付き合ってもうすぐ一か月になるが、彼女の事情を知った上でも想いは膨らんでいくばかりだ。

美月と一緒にいるだけで心が安らぎ、彼女の笑顔を見れば温かく穏やかな気持ちになり、幸福感に包まれる。

最初は可愛いと思うだけだった翼くんに対して、最近では愛おしさのようなものを抱くこともある。

そんな日々の中で、付き合う前からうっすらと意識していた美月との結婚を、より強くイメージするようになった。

今すぐというわけではないが、いずれ本当の家族になりたい。

彼女はまだそこまで考えていないことを察しつつも、俺はひとり密かにそんな風に思い始めていた。

ただ、そのためには、抱えたままの疑念を晴らさなければいけない。

太田からの報告以降、俺の方でも社員データを調べたが、美月がユウキに在籍していた形跡は見つからなかった。

あくまで彼女が嘘をついていないと仮定した上で考えるのなら、元社員の痕跡がどこにもないのはおかしい。

そう思い至った直後には、脳裏に嫌な予感が過った。

誰かがなにかを隠し立てしている、ということはないだろうか……と。

今はまだ想像の域を出ないため、決して口にはできないが……。人員整理に心当たりがない以上、可能性のひとつとしてありえない話でもないのだ。

（問題はどうやって調べるか……だな）

ずっとひとりで頑張ってきた美月を、これからは俺が守りたい。もちろん、彼女にとって大切な存在である翼くんのことも……。

そして、美月にも三人で歩んでいく道を選んでほしい。

焦る気持ちを笑顔で隠した俺は、彼女と他愛のない会話を交わしながらも、どう動くべきかと考えていた──。

三章　引き裂けない運命

一、重なる手

初夏の香りの中に雨の匂いが混じる、六月中旬の土曜日。

湊さんと翼と公園で過ごしたあと、夕方になってから彼の家に行った。

公園の帰りに寄ったスーパーで調達した食材で私が作った夕食を食べ、彼と翼が仲良くお風呂に入り、私はひとりのバスタイムを満喫させてもらう。

こんな風に過ごすのが、恒例化しつつある。

ごく普通の家族が送るような、なにげない日々。それはとても穏やかで、些細なことでも楽しくて、三人で同じ時間を共有しているだけで自然と笑顔になれる。

今夜も翼が眠ると、湊さんとともに寝室を抜け出した。

彼とふたりだけの時間は、私にとってお泊まりの醍醐味になっていた。

リビングのソファでお茶やワインを少し飲んで、他愛のないことを話すだけ。

それでも、相手が湊さんだというだけでとても特別に思える。

三人でいるときにはどうしても翼が中心になってしまうため、彼とゆっくり過ごせる貴重な時間でもあった。

「この間、理沙とアフタヌーンティーに行ってきたんですよ。セイヴォリーもスイーツもすごくおいしかったです。どれも見た目にも綺麗で、翼も理沙も喜んでました」

「そうか。楽しんでもらえてよかったよ」

「翼を連れてアフタヌーンティーなんて……って思ってたんですが、意外にもお利口にしてくれたのでゆっくり楽しめました。翼はいちごのムースが気に入って、『おかわりある？』なんて言うくらいで……」

「もしかして大人の味を覚えてしまったかな」

「そうかもしれません」

ふふっと笑って頷けば、湊さんは「それは大変だ」と冗談めかした口調で言った。

「保育園では、先生に『おしろでおやつをたべた』って話したらしいです」

小さく噴き出した彼が、「翼くんの説明を聞いてみたかったな」と目を細める。「明日訊いてみてください」と微笑むと、柔らかな笑みを返された。

穏やかな時間に、心の奥底から幸福感が滲み出す。

湊さんから告白されたときは不安が大きくて、彼の気持ちを嬉しいと思う反面、なかなか前向きには考えられなかった。

ところが、付き合って二か月近くになる今、湊さんの存在が日々の原動力になり、心は幸せと充足感で満たされている。

ときどき、いつか記憶が戻ったらなにかが変わってしまうんじゃないか……と不安に駆られることもある。

けれど、私と翼を大切にしてくれる彼なら、どんなときも変わらず、私たちのことを受け入れてくれると思える。

だからこそ、湊さんに与えてもらったり支えてもらったりするばかりではなく、彼を支えられるようになりたい。

「美月？　どうかした？」

「幸せだなぁって思ってただけです」

私の顔を覗き込んできた湊さんに、素直な気持ちを告げる。

すると、彼は意表を突かれたように目を見開き、数瞬して瞳をそっとたわませた。

「俺も幸せだよ」

優しい声音に、胸の奥が甘やかな音を立てる。

湊さんも同じ気持ちでいてくれることが嬉しくて、頬が勝手に綻んだ。

じっと見つめられていることが恥ずかしいのに、目を逸らしたくない。

彼を見ていたくて、ドキドキと高鳴る鼓動を感じながら見つめ返していた。

ふと沈黙が下り、甘い空気がいっそう色濃くなる。

直後には大きな手が伸びてきて、迷いもなく私の頬に触れた。

「……ッ！」

緊張が走り抜ける。

キスの経験はあるはずだけれど、今の私にとっては初めてのことで、どうすればいいのかわからなくて……。どぎまぎしている隙に、湊さんの顔が近づいてきた。

息を呑み、咄嗟に瞼をギュッと閉じる。

刹那、唇に柔らかなものが触れた。

それが彼の唇だと気づいたとき、胸の奥から喜びが突き上げてきて。ドキドキして苦しいのに、羞恥や緊張よりも幸福感が勝った。

恋情が愛おしさに変わっていく。

これまで翼にしか感じなかった深い愛情を、湊さんに対して抱いた瞬間だったのかもしれない。

彼を愛おしい、と心から思った。

「美月、大切な話があるんだ」

そんな風に考えていると、唇を離した湊さんが真剣な面持ちになった
どこか硬くなった彼の声色に、甘かった空気が強張り、自然と緊張感を抱く。

なにを言われるのかと身構え、無意識に息を呑んでいた。

(なんだろう……？　やっぱり付き合えない、なんてことはない……よね？)

この二か月ほどは、本当に楽しくて幸せだった。

ただ、不安がまったくなかったわけじゃない。最初のうちは、すぐに飽きられたり、やっぱり付き合えないと思われたりしないかと、何度も考えたことがある。

今は湊さんがそんなことを考えていないと信じているものの、あまりいい話じゃないことが雰囲気でわかって、少なくとも楽観的には構えられない。

(もしかして、人員整理っていうのは実は建前で、本当はなにか大きなミスをしてたとか？　でも、それならユウキを辞める段階で言われるはず……だよね)

嫌な音を立てる心臓を落ち着かせようと、ゆっくりと深呼吸をする。

「あの……話って？」

「実は……俺も、一時期の記憶がないんだ」

その意味を嚙み砕くのに時間を要し、彼を見たまま言葉を失ってしまう。

「記憶喪失と言うと大袈裟かもしれないが、数年前に運転中に事故に遭って……その頃の記憶がまだ戻らないんだ」

補足するように話した湊さんは、苦しげに眉を寄せた。

「美月には色々と訊いたくせに、自分のことをずっと黙っててすまない。きちんと話すつもりだったんだが、このことはごく一部の人しか知らないんだ。そういった事情もあって、なかなか言い出せなかった……」

一瞬真っ白になった私の思考が、ようやくして働き始めた。

「……えっと、事故って……」

「俺はまったく覚えてないが、信号無視の車が突っ込んできたらしい。すぐに意識が戻らなくて、目を覚ましてからも数日は会話もできなかった」

湊さんは事故のあと三日ほど意識が戻らず、頭を強く打った上に肋骨を折っていて、完治まで三か月ほどを要したようだった。

一歩間違えたら、彼は生きていなかったんじゃないだろうか。

ほんの一瞬、そんなことが脳裏に過って、身が竦むほど怖くなった。

「……美月？」

震えそうになっていた手に、湊さんの大きな手が重なる。

「ごめん……。もっと早く言うべきだった」

彼が誤解していることを察し、慌てて首を横に振る。

「違うんです……。私……湊さんが記憶喪失だってことはあまり気にしてません」

「えっ？」

「もちろん驚きましたけど……でも、湊さんだってこんな私のことを丸ごと受け入れてくれました。だから私も、あなたの全部を受け入れたいって思ってます」

「美月……」

「ただ、急に怖くなって……。変ですよね……。湊さんは今、ここにいるのに……」

徐々に声が震えていき、笑うつもりだった口角が情けなく下がる。

「ごめん、余計なことを考えさせてしまったね」

力ない苦笑を浮かべた私を、彼がそっと抱き寄せた。

「大丈夫だよ。記憶は一部欠けてるが、幸い身体的な後遺症はない。美月も知っての通り、翼くんと走り回れるくらいには元気だから、なにも心配しなくていい」

湊さんの体温と優しい口調が、恐怖心に包まれていた心を温めてくれる。

ゆっくりと不安が解れ、込み上げてきそうだった涙も収まった。

「嫌な話をしてすまなかった」

「そんなことありません。私は話してもらえて嬉しかったです」

顔を上げると、彼が申し訳なさそうにしていた。

「それに、こんなところにも共通点があったんだって思うと、自分が記憶喪失だってことをそんなに悲観的に考えずに済む気がします。あっ……共通点なんて言い方はあんまりよくないですよね……」

明るい空気にしたい。そう思って笑顔を見せたものの、言葉選びを間違ったかもしれないと慌ててしまう。

「でも、こうなるともう、運命なのかも……とも思います」

お互いに記憶の一部がないなんて、そうそうあることじゃない。それに、湊さんも似たような状況だからこそ、私を受け入れてくれたのかもしれない。

そう感じて、心がわずかに軽くなった気がした。

「そのことなんだが――」

「ママぁ……」

「翼、起きちゃったの？」

湊さんの言葉を遮った声がした方を見ると、瞳に涙を浮かべた翼が立っていた。

戸惑った様子の彼を横目に慌てて翼の傍に寄り、ラグに腰を下ろして膝の上で小さな体を抱きしめる。直後、翼はシクシクと泣き始めた。

「おっきしたらママいないの、いやだったの……。つーくんといて……」

「うん、ごめんね。びっくりしたよね。ママ、ちゃんと一緒にいるからね」

「ごめん、俺がもっと気をつけていれば……」

「湊さんのせいじゃありません。普段もこういうことはあるので大丈夫ですよ」

にっこりと微笑めば、湊さんは眉を下げて心配そうにしながらも頷いた。

「翼、ベッドで寝よう？　さっきみたいに湊さんと三人で――」

「いや……。つーくん、ママとねんねするの」

はっきりと意思を主張した翼は、不安のせいか私とふたりで眠りたいようだった。

私たちを見守るように傍で立っていた彼が、小さな笑みを浮かべる。

「じゃあ、今夜はふたりでゲストルームで眠るといいよ」

「すみません……」

「謝らなくていい。翼くんが不安になるようなことをした俺の責任だ。このせいで嫌われないといいんだけど……」

「そんなことにはなりません。今はグズグズしてますが、翼は湊さんのことが大好きなので、明日にはまた抱っこをせがむと思います」

「抱っこでも肩車でも喜んでするよ」

湊さんは安堵交じりの笑みを零すと、ゲストルームに案内してくれた。

ホテルの一室のように整えられた、ベッドとチェストしか置かれていないシンプルな部屋。以前に見せてもらったことはあるものの、ここで過ごすのは初めてだった。

「なにかあれば、いつでも声をかけてくれて構わないから。じゃあ、おやすみ」

「おやすみなさい」

私の胸元に顔を埋める翼を抱っこしたまま、彼と笑みを交わす。

湊さんが立ち去ってからベッドに入ると、翼はようやく泣きやみ、すぐに眠った。

楽しい時間に、初めてのキス。そして、彼の過去。

一時間半ほどの間に起こった出来事を振り返る私の心は、喜びと羞恥でいっぱいだったけれど……。同時に、湊さんがなにを言おうとしていたのかが気になった。

彼が深刻そうに見えたのは、気のせいじゃなかったと思う。

(やっぱり、共通点や運命って言っちゃったのが失敗だった……?)

湊さんと一緒に眠るのはまだ慣れなくて、いつもは緊張に苛まれるのに……。今夜はなぜか、彼が傍にいないことに小さな不安を覚えてしまう。

なによりも、ベッドに三人で並べなかったことが寂しかった——。

＊　＊　＊

翌朝、目を覚ました翼は、昨夜のことは忘れたように平素の様子だった。

ゲストルームからリビングに行くと、すでに起きていた湊さんにしがみついて抱っこをせがみ、満面の笑みでキャッキャッと騒いだ。

機嫌よく朝食を食べたあとには、庭で彼とサッカーをしていた。

いつも通りのふたりを見てホッとし、自然と頬が綻ぶ。

反面、昨夜のことがどうしても気になって……。

「あの、湊さん。昨日の夜に言いかけてたことなんですけど……」

翼がテレビに夢中になっているうちに、湊さんに声をかけた。

「そのことはもういいんだ。気にしないで」

ところが、彼は何事もなかったように微笑んだ。

きっと、〝もういい〟わけじゃない。そう感じたけれど、湊さんにはなにか思うところがあるのかもしれないと察し、それ以上は訊けなかった。

「みなとくん、あとでこうえんにいこ！」

「ごめん、翼くん。今日は仕事があって、もうすぐ出かけなきゃいけないんだ」

「えぇっ！　みなとくん、おしごとなの？　つーくんとママはおやすみだよ？」

「日曜でもみんながお休みなわけじゃないんだよ。じぃじとばぁばだって、ママや翼とお休みの日が違うでしょ？」

「そっかぁ……。つまんないねぇ……」

翼はしゅんとしながらも、仕方がないことだと理解はしているみたいだった。

「ごめんね。その代わり、今度はまた公園で遊ぼう」

「うん！」

すっかり気を取り直した翼と、湊さんは指切りをしてくれた。

昼前にTシャツとデニムからネイビーのスーツに着替えた彼は、いつにも増して精悍な顔つきに見え、纏う空気もどこか凛としている。

けれど、翼に笑いかける姿とのギャップに、胸の奥が甘い音を鳴らした。

「送るよ」

「ありがとうございます。あ、でも、ワゴン車で出勤されるんですか？」

「ああ、別に問題ないしね。仕事中は社用車で移動するから気にしなくていいよ」

「ママ、おひるごはんはじぃじのハンバーグがいい！」

「うーん……じゃあ、お店が混んでなかったらお願いしてみようか」

こんどう亭のオープンは十一時で、混み始めるのは十一時半を回った頃だ。

この時間なら開店前には着くだろうし、孫を可愛がる父なら喜んで昼食を用意してくれるだろう。もし無理でも、父が忙しいとわかれば翼は聞き分けてくれる。

「実家まで送ればいい？」

「あ、うちで大丈夫です」

「遠慮しなくていい。実家は近いんだろ？　まだ時間もあるし、送るよ。その方が少しでも長く一緒にいられるからね」

私の心情を見透かすように、湊さんがクスリと笑う。

「じゃあ、お言葉に甘えて。ありがとうございます」

「ついでにご両親に挨拶していこうか？」

「えっ⁉」

「そんなに驚かなくても、半分は冗談だよ」

目を真ん丸にすると、彼は苦笑を漏らした。

その言い方なら、残りの半分は本気……ということになる。

急にどぎまぎしてしまい、湊さんの顔を見られなくなった。

「でも、そういう気持ちでいるから、近いうちに一度伺わせてもらいたいとは思ってるんだ。翼くんのこともあるし、きちんとしておいた方がいいと思う」

そこまで考えてくれていることが嬉しい。

けれど、彼との関係を改めて自覚させられ、両親と対面してもらうことを想像するだけで緊張した。

「だから、美月もそういうつもりでいて」

「は、はい……」

色々な意味でドキドキしたせいで、私の口数は次第に少なくなって。湊さんはクスクスと笑ったあと、上機嫌の翼と会話をしてくれた。

翼と後部座席に座った私は、平静を取り戻すことに集中していた。

湊さんは実家の前まで送ってくれ、翼を車から降ろしてくれた。

「みなとくん、おしごとがんばってね！」

「ありがとう。またサッカーしよう」

大きく頷いた翼の手を取り、彼に「ありがとうございました」と言う。

「どういたしまして。ご実家、風情がある店だね。出汁のいい匂いがする」

こんどう亭は、昔ながらの下町の定食屋という感じのお店だ。古い店構えの通り、おしゃれさや今どき感はなく、メニューも定食がメインになっている。

だから、お世辞でもそんな風に言ってもらえて嬉しかった。

「じぃじのごはん、おいしいよ！　こんどたべてね」

「それはぜひ食べたいな。楽しみにしてるよ」

湊さんと翼の会話を微笑ましく聞いていると、店のドアがガラッと開いた。彼の視線を追うように、引き戸に目を向ける。

「ばぁばだー！」

「あら、美月と翼じゃない。どうしたの？」

立て看板を持って出てきた母は、私たちを見たあとで目を丸くした。

「はじめまして。美月さんのお母様ですね。結城湊と申します」

動揺した私と笑顔を見せる翼の横で、湊さんが慣れた様子で丁寧に一礼した。

「美月さんとお付き合いさせていただいております」

「あっ……そ、そうですか……」

母は、私が恋人を連れてきたことに驚いているんだろう。

明朗快活な母にしては歯切れが悪く、目や口元には動揺が覗いている。笑顔の彼とは対照的で、心なしか顔色が悪く見えるほどだった。

「……っ、嫌だわ、美月……。いい人がいるなら言ってくれればよかったのに……。あなた、なにも言わないんだから。突然すぎて驚くじゃない」

「ごめんね。近いうちに話そうとは思ってたんだけど……」

湊さんの家に泊まりに行くようになったため、そろそろ彼のことを打ち明けるつもりだった。

両親が私の家に来るときには事前に連絡があるものの、外泊が続けばいずれ気づかれると思っていたし、なによりもきちんと話しておきたかったから。

「ここじゃなんですから、中でお茶でも……」

「せっかくですが、そろそろ開店時間ですよね。私もこれから仕事ですので、もしよろしければ後日改めてご挨拶に伺わせてください」

「え、ええ……」

「では、これで失礼いたします。美月、翼くん、またね」

「はい。お仕事頑張ってくださいね」

「みなとくん、ばいばーい！」

湊さんは翼の頭を撫で、母に柔和な笑みを向けて会釈をした。それから、「また連絡するよ」と言い残して車に乗り、翼は彼の車が見えなくなるまで手を振っていた。

「ママ、おなかすいた！」

「朝からいっぱい遊んだもんね。じぃじにご飯作ってもらえるか訊いてみよう」

元気よく返事をした翼に引っ張られながら振り返ると、ぼんやりとしていた母がハッとしたように笑い、私たちに続いて中に入ってきた。

「じぃじ！」

「おっ、翼！　どうした？　じぃじのご飯食べに来たのか？」

「うん！　おなかペコペコなの！　ハンバーグていしょくください！」

「いいぞ。とびきりおいしいやつを作ってあげるからな。美月はどうする？」

「もう開店時間だけど大丈夫？」

「大丈夫、大丈夫！　ふたり分くらい、すぐにできるから」

「じゃあ、甘えようかな。私はだし巻き定食がいいな」

「じぃじ、はやくしてね！　つーくんのおなか、ぺたんこになっちゃうから」

「はいはい。すぐにできるから、ママと上で待っててくれ」

嬉しそうな父にお礼を言って翼を奥に促すと、ちょうどお客さんが入ってきた。

対応する両親を振り返りつつ、急いで二階に上がる。

十分ほどして、母が私たちの昼食を持ってきてくれた。

「これから忙しい時間なのにごめんね。ありがとう」

「別にいいのよ。あなたたちが来たって、どうにでもなるんだから」

「ママ、たべていい？」

「うん。ちゃんと『いただきます』してね」

翼はきちんと手を合わせたあと、「ハンバーグちっちゃくして」と言った。

「美月……」

お箸でハンバーグを小さく切っていると、母が背後から声をかけてきた。

翼に急かされている私は、母を一瞥して「なに？」と返したあとで、ハンバーグに視線を戻す。

翼は、子ども用のフォークで一口サイズのハンバーグを刺し、息をふぅふぅと吹きかけてから、待ち切れないとばかりに大きな口を開けて頬張った。

「あの人といつから付き合ってるの？」

「えっと、二か月くらい前かな」

「どこで出会ったの？」

「会社の創業記念パーティーの帰りに、前の職場の近くで出会ったの」

「前の職場って……あなた、記憶が戻ったの!?」

「わっ……!?」

いきなり肩を摑まれて、むりやり振り向かされてしまう。その勢いと突然のことに驚いて顔を上げると、母の表情は切羽詰まっているようにも見えた。

「……戻ってないけど、仮になにか思い出したことがあればちゃんと話すよ。急にどうしたの?」

翼もびっくりしたのか、フォークを持ったままきょとんとしている。

「ご、ごめん……。あ、ほら……美月が急に恋人を連れてきたから戸惑ったのよ! 事故に遭ってから、そういう類の話はなかったから」

「事故に遭ってからって……? その前にはあったってこと?」

母の言い方に引っかかると、母は繕うように苦笑した。

「今のは言葉のアヤよ。何度も言ってるけど、私もお父さんもなにも知らないの」

疑念を抱いた私に、母がこれまでにも聞いたことがある言葉を返してくる。

「……ママ、おみそしるふぅふぅして」

「あ、ごめんね。すぐにするね」

どこか不安げにしていた翼に笑みを向けると、翼はホッとしたように白米を口に運んだ。急いでお味噌汁に息を吹きかけ、早く冷めるようにスプーンで混ぜる。

その後、母は「じゃあ、戻るわね」と言い置き、部屋から出ていった。

（なんだったんだろう……。そりゃあ、今まで恋愛とは無縁だったけど……）

母が驚いたのも無理はないと思う反面、あんなに真剣な顔で問い詰められるとは思っていなかった。なんだか、様子がおかしかった気がする。

もちろん、私と翼のことを心配してくれているのだろうけれど、それにしても強引に肩を摑んでまで振り向かさなくてもいいのに……なんて感じてしまった。

「ママのたまごやき、ちょうだい。つーくんのハンバーグとこうかんしよ！」

なんとなく強張っていた空気が、翼の笑顔のおかげで緩んでいく。

「みなとくんもごはんたべてるかなぁ。いっしょにたべたかったね」

「そうだね」

湊さんのことばかり話す翼に笑みを零し、だし巻き卵を口に入れた。

少し冷めてしまっていたけれど、いつも通り優しい味がした――。

二、幸せの中で生まれた違和感

梅雨が明けないまま迎えた、七月の第二日曜日の夜。

二週間ほど会えていなかった湊さんから、電話がかかってきた。

『美月の声を聞いたのは、久しぶりな気がするよ』

ため息交じりに零した彼に、「私もです」と返す。

この間会った翌週と翌々週にはまたお泊まりをしたけれど、そのあとの二週間は湊さんの仕事が立て込んでいて、ずっと会えていなかった。

七月に入ってから、彼は出張が重なって帰宅が遅く、仕事の帰りに私の家に寄る時間すら取れなかったのだ。

湊さんに会いたがっている翼は、少し前に眠ったばかり。

彼から電話がかかってきたなんて知ったら、きっと羨ましがられるに違いない。

『美月の声が聞けたのは嬉しいけど、翼くんと話せないのは残念だな』

「湊さんから電話があったことを話したら、翼はきっと『ママだけずるい』って拗ねると思います。残念だけど、内緒にしておく方がいいかも」

『確かに、美月が怒られそうだね』

湊さんとクスクスと笑い合えば、二十三時を過ぎた静かな部屋が柔らかな空気に包まれた。

ずっと寂しさを抱いていたのに、今は幸せだと思える。

『会えなかった分は次の週末に挽回させてもらいたいんだけど、どうかな？　土曜の昼頃から日曜の夕方まで時間が取れそうなんだ。三人でどこかに行かないか？』

「嬉しいです。でも、実はその日は翼が保育園のお泊まり会なんです」

『そうか。翼くんはいないのか』

「はい。土曜の午前中に保育園に預けて、日曜のお昼過ぎに迎えに行くので……」

『それなら、ふたりで過ごさない？』

「いいんですか？」

『もちろん。翼くんと会えないのは残念だけど、デートしよう』

翼がいない間、ひとりで過ごすしかないと思っていた。久しぶりのひとりの時間だと思うとワクワクしていたけれど、彼と一緒にいられる方がずっと嬉しい。

『なにかリクエストはある？』

「湊さんと一緒なら、なんでも嬉しいです」

『俺もだよ。じゃあ、せっかくだから近場のホテルで一泊しようか。普段はできないことと、ゆっくり過ごせるプランを考えておくよ』

湊さんの素敵な提案に、満面の笑みになる。胸が弾んで、頬がどんどん緩んだ。

「はい。楽しみにしてますね！」

『俺もこれで仕事を頑張れるよ。でも、デートプランはあまり期待しないで』

どこか冗談めかした言い方に、ふふっと笑い声を漏らしてしまう。

彼に会えるのなら、家だって公園だって構わない。

たとえば、家でのんびり映画を観るとか、カフェでテイクアウトをしてピクニックをするとか。もっと言えば、なにもせずに隣にいられるだけでも嬉しいから。

一週間後が楽しみで、それを糧に頑張ろうと思える。

その後も話が尽きず、日付が変わった頃に名残惜しさを抱えながら通話を終えた。

＊　＊　＊

待ちに待った週末。

午前中に翼を保育園に送り届け、不安げにしている翼を励ました。

「ママ、ほんとにかえっちゃうの？」

「うん。でも、明日になったらお迎えに来るからね。先生の言うことをよく聞いて、お友達と仲良くしてね」

翼はひとりで外泊したことはないため、私も心配でたまらない。けれど、私の不安が伝わらないように笑みを浮かべれば、翼は「はぁい」と小さく返事をした。

笑顔で「大丈夫ですよ」と言ってくれた先生に、「よろしくお願いします」と頭を下げる。手を小さく振れば、翼は寂しそうにしながらも手を振り返してくれた。

意外と私の方が寂しいかも……なんて思いながらも保育園を後にして家に帰ると、アパートの前にはすでに湊さんの車が停まっていた。

「お待たせしてごめんなさい」

「大丈夫。俺も着いたばかりだから」

急いで車に駆け寄れば、彼が微笑んだ。

横浜《よこはま》方面へと車を走らせた湊さんは、オーシャンビューのレストランに連れて行ってくれた。海鮮をメインにした鉄板焼きのランチコースを堪能してから映画を観て、横浜の街を散歩しながら色々なお店を回った。

彼は事あるごとに翼のことを口にし、『ここなら翼くんも楽しめそうだ』とか『今度は三人で来よう』と当たり前のように話している。

湊さんがそんな風に思ってくれていることが嬉しい。

いつでも翼を大切にしてくれる彼には、やっぱり感謝の気持ちが尽きなかった。

「そろそろ車に戻ろうか。夕食の前に付き合ってほしいところがあるんだ」

「どこに行くんですか?」

「着いてからのお楽しみだよ」

意味深に瞳を緩めた湊さんと車に戻ると、ラグジュアリーブランドの直営店に連れて行かれた。仰々しく出迎えられてたじろぐ私を余所に、彼は慣れた様子でいる。

VIPルームに促され、いったいなにを買いに来たのだろうと考えたとき。

「ディナーに着ていく服をプレゼントするから、どれでも好きなものを選んで」

予想だにしていなかった言葉をかけられ、目を真ん丸にしてしまった。

「そんな……いただけません……」

「今夜行く店はドレスコードがあるんだけど、美月に伝えるのを忘れてたんだ。だから、遠慮しないで」

(それ、絶対に嘘だよね……)

なんとなくだけれど、湊さんは私が遠慮することを見越していた気がする。

その口実作りのために、あえて黙っていたんじゃないだろうか。

戸惑いはあるものの、彼の気遣いは嬉しい。それに、今さらディナーをキャンセルするわけにはいかない。

そんな結論にたどりつき、おずおずと口を開いた。

「……一緒に選んでくれますか？」

「もちろん」

湊さんは用意された数着のドレスを私の体に当て、好みを訊いてくれた。

私は気後れしつつも答えて試着もしたあとで、彼の「これがいい」という一言で夏らしいペールブルーのワンピースに決まった。

膝下丈のプリンセスラインで、ウエストから裾にかけてふんわりとしている。裾から覗くオーガンジーレースが綺麗で、可愛さと美しさを兼ね備えたデザインだった。

続けて、湊さんの見立てで様々なものが決まっていく。

シャンパンカラーのような七センチヒールのパンプス、クラッチバッグ、存在感のあるパールのブレスレット。

彼はまるで最初から目をつけていたかのごとく、迷うことなく選んでくれた。

そのまますぐ近くのサロンでヘアメイクまで施され、ほんの一時間もすれば完璧にドレスアップさせられていた。

「すごく可愛い。……いや、綺麗だって言った方がいいかな」

だが、可愛さもあるし……なんてひとりごちる湊さんを前に、恐縮しながらも照れくささを隠せず、どんな顔でいればいいのかわからない。

彼は私の気持ちを見透かすように微笑み、車に戻った直後に唇にキスを落とした。

「……っ！　湊さん……！」

「美月が可愛いから我慢できなかったんだ」

悪びれない笑顔の湊さんに、口をパクパクとさせてしまう。

大通りのパーキングに停めた車内にいる私たちの姿は、きっと街を行き交う人々から見えているのに……。

視線を逸らせれば、彼がクスクスと笑う。

湊さんに振り回されている心は、それでも柔和な幸福感に包まれている。

面映ゆさに顔が熱くなっていく中、なぜかこの感覚を知っている気がした。

今夜宿泊するホテルでチェックインを済ませたあとに連れて行かれたのは、横浜港に寄港している客船だった。

レストランではなくこの船でディナーをすると教えられたときは、驚きのあまり声が出なかったけれど……。豪華絢爛な船内に入ると、息を呑んで呆然とした。

全長一四〇メートルはある船は、アンティークの調度品やシャンデリアが存在感を放ち、さきほどチェックインをしたばかりの高級ホテルのような内装だ。

「あの……豪華すぎませんか……？」

「そんなことはない。物足りなかったかもしれないと考えてたくらいだよ」

やっぱり、湊さんの感覚は常人離れしている。

私には一生縁がないと思っていたような場所でも、彼にとっては普通のことなのだと改めて気づかされた。

「冗談だよ。そんなに気負わなくていいから、ゆっくりディナーを楽しもう」

緊張でいっぱいの私は、簡単にはリラックスできそうにない。それなのに、ハリウッド映画のような光景を前にしていると、自然と気分が高揚していった。

窓から横浜の夜景が臨めるテーブルには、小さなキャンドルとともにバラとかすみ草が飾られていた。ＢＧＭはヴァイオリンの生演奏で、これだけでも贅沢すぎる。

席に着いて程なく、ソムリエがシャンパンを運んできた。

「じゃあ、乾杯しようか」

「はい」

「美月。少し早いけど、誕生日おめでとう」

湊さんを見つめていた私は、目を真ん丸にしてしまう。

彼はふっと微笑むと、「そんなに驚くこと？」とおかしそうに笑った。

誕生日を覚えてくれているなんて思っていなかった。

誘われたときだって、ふたりきりのデートが楽しみな気持ちばかりが大きくて、他はなにも考えていなかった。

翼のことを心配する以外は、ただただデートを満喫しているだけだったのだ。

（だから、ドレスやヘアメイクまで……？）

喜びと感動で胸がいっぱいになり、鼻の奥にツンとした痛みが走る。

嬉し泣きしてしまいそうなのを隠すように笑顔を見せ、お礼とともに「すごく嬉しいです」と伝えた。

やがて、料理が振る舞われた。

魚介のカクテルのアミューズに始まり、オードブルはリコッタチーズとアスパラのサラダに、オマールエビのコンソメジュレ添え。

続いて、人参と夏みかんの冷製ポタージュ。

ポワソンは、イサキのポアレに十種類の夏野菜のラタトゥイユとバジルソースが添えられ、口直しのメロンとレモンのサマーソルベ。

アントレの牛ハツのタリアータには、三種類のハーブと色とりどりの野菜がまるで花畑のように盛り付けられ、目にも鮮やかだった。

マスカットバターのクレープがメインだったデセールのプレートには、チョコレートソースで『Happy Birthday』と書かれていた。

思わぬサプライズに破顔すると、そのタイミングで生演奏のBGMがバースデーソングに切り替わった。

湊さんが改めて「おめでとう」と紡ぎ、周囲のお客さんやスタッフたちからは拍手が送られる。ひまわりや黄色いバラの花束まで用意されていて、ついに感極まった。

こんな風にお祝いしてもらうのは初めてで、感動の域を超えるほどに嬉しかった。

そのあとに出されたカフェ・プティフルールのコーヒーと白桃のマカロンを楽しむ頃にはお腹とともに心も満たされ、これ以上ないくらいの僥倖を感じていた。

ホテルに戻る道すがら何度もお礼を言う私に、彼も瞳をたわませて幸せそうにしていて……。私たちは潮騒の中で、数え切れないほど微笑み合った——。

（……どうしよう。酔いが醒めたら緊張が……）

ホテルに戻って間もなく、私は先にシャワーを浴びさせてもらい、交代で湊さんがバスルームに行った。きっと、もうすぐ彼が戻ってくる。

普段はあまり飲まないアルコールのおかげで高揚していた気分はすっかり落ち着き、エグゼクティブスイートルームを歩き回ることにも疲れてベッドに腰掛ける。

心はわずかな不安と大きな緊張に包まれているせいか、体が強張っていた。

こういうとき、どうするのが正解なのかがわからない。

「美月？　ここにいたのか」

不意に飛んできた湊さんの声に、肩をびくつかせてしまう。

反射的に顔を上げると、彼が瞳をそっと緩め、おもむろに私の傍にやってきた。

「そんなにあからさまに緊張されると、俺まで緊張してしまうよ」

湊さんは、至っていつも通りにしか見えない。笑顔で話す姿には、涼しげな余裕さえ窺えた。

反して、私の緊張感は膨らみ、隣に腰掛けた彼との距離の近さに鼓動が跳ねる。

どちらのものかわからないシャンプーの香りが、いたずらに鼻先をくすぐった。

まだ濡れたままの髪に、バスローブからちらりと覗く男性らしい鎖骨と、しっとりとしている肌。

どれも艶やかな色香を纏い、私の心を追い詰めていく。

「美月」

優しいけれど確かな欲を秘めた低い声音に、鼓膜をくすぐられたとき。

「……っ!?」

体が反転するようにベッドに縫い留められ、気づけば視界が天井と湊さんの顔で埋め尽くされていた。

「これから君を抱く。俺がどれだけ君を想ってるか、思い知って」

見据えるような視線と真剣な言葉に、息が止まるかと思った。

胸はドキドキして苦しいのに、心も体も彼を求めていると気づく。

直後、あれほど感じていた緊張を忘れ、本能のままに逞しい体に抱きついた。

甘い声が私を呼び、頭頂部にくちづけられる。

壊れ物を扱うような手つきで髪を撫でられ、大切にされていると強く実感した。

湊さんの唇が額に落とされたあと、真っ直ぐに目が合う。

絡んだ視線に熱が広がったことを察した刹那、瞼を閉じれば唇がそっと重なった。

啄むようなキスを繰り返す。そのうちに舌を捕らえられ、次第に深いくちづけに変わって呼吸がままならなくなっても、お互いにキスを求め合っていた。

彼は私の肌に指先を滑らせ、甘く優しく愛でていく。全身を余すことなく触れようとする骨張った手の熱に、思考がゆっくりと溶かされていった。

いつしかバスローブが剝がれ、キスを与えてくれていた唇が鎖骨から胸元に下りていた。体は否応なく戦慄き、湊さんにされるがまま堕ちていくしかなかった。

体が重なり、どうしようもないほどの熱に侵されていく。

「好きだ……。美月……」

乱れた呼吸の合間に私の名前を紡ぐ彼の瞳は、最後まで優しくて。滲む視界の中に映る柔和な笑顔に、心のすべてを奪われたまま体を大きく震わせた。

乱れたシーツの上で素肌で横たわる私を、湊さんが抱きしめてくれる。

ようやくして息が整うと、伝えたかった言葉が胸の奥から込み上げてきた。

「湊さん……好きです」

想いを口にして顔を上げれば、彼が意表を突かれたような面持ちになっていた。

「さっきは言えなかったから。ちゃんと伝えておきたくなって」

「……うん、嬉しいよ」

ほんの少しできた距離を縮め直すように、そっと抱き寄せられる。

チュッと音を立ててキスが落とされ、甘やかな幸福に頬が綻んだ。

「美月を抱きしめてるとこんなにも落ち着くのは、どうしてだろう。今夜は今まで以上に懐かしいような気持ちだ。それに、君が愛おしくて仕方がない」

「私も同じ気持ちです。湊さんのことが愛おしくて……こうして抱きしめられてると、なんだか懐かしさみたいなものを感じるんです」

「俺たち、前世でも恋人同士だったのかもしれないね」

「それならすごくロマンティックですね」

ふふっと笑いながら、そうだったら素敵だな……なんて思った——。

優しい温もりを感じながら重い瞼を開けると、すぐ隣で湊さんが眠っていた。

ダウンライトに照らされた寝顔は、いつになく無防備で可愛い。

どことなく翼と似ているように見えるのは、胸に抱える想いのせいかもしれない。

眠る前には羞恥もあったけれど、こうして彼の顔を見つめていると愛おしさでいっぱいになっていく。

ふと、鎖骨あたりに違和感を覚えて手を当てると、金属のようなものに触れた。

視線を下げつつ、指先でたどった先にあったものをつまむ。

視界に入ってきたのは、赤い光を放つ雫型モチーフのルビー。その上部には、小さなダイヤモンドが一粒あしらわれている。

対照的な色の宝石は、相反するようで双方の美しさを象徴し合い、それぞれの輝きをいっそう増しているように思えた。

「これ、湊さんが……？　誕生日プレゼント……だよね？」

私が眠ってからつけてくれたのだと思い、喜びと感動で胸がいっぱいになった。

朝起きたら真っ先にお礼を言おう、と考えたとき。

「――っ！」

湊さんが眉を寄せ、顔をしかめた。

穏やかに見えていた彼の表情があっという間に歪み、苦しげに息を漏らすようにしたかと思うと、呻き声のようなものが吐き出される。

起こしたくないけれど、うなされる湊さんを放っておくことはできなかった。

「湊さん……？　湊さん、大丈夫ですか？」

ためらいつつも、控えめに声をかけた直後――。

「――美月!!」

「きゃっ……！」

彼が勢いよく起き上がり、反射的にこちらを見た。

湊さんは肩で息をし、悲壮感を浮かべた顔で放心している。

まるで意識をどこかに置き去りにしたようで、私を見つめたままの彼の感情がどこにあるのかわからない。

頭痛もするのか、右手で頭を押さえていた。

程なくして、湊さんは顔をぐしゃりと歪めると、伸ばした腕で私を抱き寄せた。

驚きのあまり呆然としていた私は、状況が把握できずに目を見開く。

「………ごめん」

すると、震えたような声が落とされた。

「……湊さん？　どうしたんですか？」

優しく問いかければ、彼の腕の力がさらに強くなる。

ぎゅうっ……と抱きしめてくる湊さんは、まるで私に甘えているときの翼のように思える。戸惑いながらも彼の背中に腕を回し、そっと抱きしめ返した。

「怖い夢でも見ましたか？」

「……うん。もう二度と、君と会えなくなる夢だった……」

そう答えた湊さんの声音は、まるで泣いているみたいだった。

彼らしくない様子に、不安も戸惑いも隠せない。

「大丈夫ですよ。私はここにいますから」

どうすればいいのかわからない中でも優しく声をかけ、大きな背中をとんとんと叩く。翼をなだめるときのように、ただただそうしていた。

ようやくして体を離した湊さんは、「ごめん」と力なく微笑んだ。

「大丈夫ですか？　なにか飲みますか？」

「いや、いい。それより、傍にいてほしい」

ベッドから出ようとした私を制した彼の腕に、再び捕らわれてしまう。

いつもとは違う湊さんの雰囲気に、一抹の不安を感じたけれど……。私は言われた通りにベッドに留まり、もう一度彼の背中に腕を回した。


翌朝、目を覚ますと、湊さんが先に起きていた。

私の寝顔を見ていたらしい彼に恥じらう暇もなく抱かれ、ときおり見せられる切なげな表情に戸惑った。

それなのに、激しく求められて堕ちていく体は余裕なんて失くし、思考も呆気なく溶かされてしまって、真意を確かめることはできなかった。

最後の最後に、湊さんは「ごめん」と呟いた気がしたけれど……。空耳かと思うほどの小さな声は、熱のこもった濃密な空気にかき消されてしまった。

七時半にルームサービスで朝食を済ませた頃には、彼は普段通りの様子だった。

私がネックレスのお礼を伝えると、優しい笑顔を返してくれた。

九時過ぎにホテルを出たあと、運転する湊さんを見ながら口を開いた。

「あの、湊さん……昨日とさっきの『ごめん』って、どういう意味ですか？」

彼は一瞬だけ間を置き、穏やかな笑みを浮かべた。

「ああ、あれはなんでもないんだ。気にしないで」

「でも……」

「しいて言うのなら、朝から抱いてごめん、って意味かな」

「な……っ！　湊さんっ……！」

はぐらかされた気がするのに、クスクスと笑う湊さんを見ているとなんとなく追及もできない。ひとまず彼の言葉を受け入れ、今は訊かないでおくことにした。

「今日はデートを楽しもう。ちょっとプランを変更したいんだけど、構わない？」

「それはいいですけど……」

今日は、浅草《あさくさ》に立ち寄ってスカイツリーの方へ行こうかと話していた。翼のお迎えの時間は十五時だから、それに合わせて動く予定だったのだ。

「近くのカフェでスイーツでも食べてから、観覧車に乗らないか。そのあとはうちで映画を観て、翼くんを迎えに行こう」

「えっと……そんなに？　それに、朝ご飯を食べたばかりですけど……」

「うん。慌ただしいかもしれないが、どれも美月としてみたいことなんだ。スカイツリーは翼くんがいるときに行こう」

優しい笑顔でいるはずの湊さんの顔が、なぜか複雑そうにも見える。

ただ、「着いたよ」と言われたときは、彼はもういつも通りの雰囲気に戻っていた。

着いた場所は、テーブルとカウンター席を合わせて二十席ほどのカフェ。

スタッフに「空いてるお席へどうぞ」と言われると、湊さんは迷うことなく奥から三つ目の窓側のテーブル席を選んだ。

「素敵なお店ですね。湊さんは来たことがあるんですか？」

「……昔、何度かね」

寂しげな微笑を零した彼が、「唯一、この席からだけ海が見えるんだ」と窓の外を指差した。その面持ちが気になりつつも、視線を窓に向ける。

「あっ、本当ですね！　景色も綺麗ですし、窓枠もすごく可愛い」

窓の向こう側には民家が並び、その合間を縫うようにわずかに海が見える。木造りの窓枠は白塗りで、赤と黄色の小さな花の絵が描かれていた。

「ああ、そうだね」

湊さんは静かに相槌を打つと、メニューを開いて私に向けてくれた。

「おすすめはアップルパイなんだ。一番人気のメニューで、ソースが二種類選べる」

「じゃあ、それにしようかな。あ、でも、さすがに食べ切れないかも……」

「アップルパイはシェアしよう。ソースは美月が選んでいいよ」

「いいんですか？　えっと……どれにしよう？　うーん……」

十種類ほどから選べるソースをどれにするか本気で悩む私に、彼がふっと瞳を緩める。「気に入ればまた来ればいいよ」と言われて、すぐに笑顔で頷いた。

焼きたてのアップルパイにはバニラビーンズがたっぷり入ったアイスが載せられ、私が厳選したラズベリーとチョコレートのソースがかけられていた。

ナイフを入れるとサクッと音を立てたパイを口に運べば、香ばしい匂いが鼻からふわりと抜け、シナモンたっぷりのりんごの甘みが口腔に広がった。

「本当だ！　すっごくおいしい！　こんなにおいしいアップルパイは初めて――」

続けるつもりだった言葉を喉で止めてしまったのは、ほとんど無意識だった。

けれど、〝初めて〟というセリフに、確かになにかが引っかかったのだ。

（ここ……前にも来たことがある？　でも、そんな記憶は……。……もしかして、翼の父親と来た……とか？）

「どうした？」

「い、いえ……。あまりにもおいしいから、びっくりして……」

確証のないこと、しかも翼の父親と来たかもしれないというのは、この場では言い出せなかった。だから、なんでもないふりをして、二口目をフォークに刺した。

湊さんも特になにも言ってくることはなく、シェアしたアップルパイとコーヒーを味わっていた。

一時間ほどしてからカフェを出て、みなとみらいにある観覧車に乗った。

「こんなに大きい観覧車って、久しぶりに乗ったかもしれません。翼と遊園地に行ったときに乗ったのは、もっと小さな観覧車だったんです」

「そうか。それなら、今度は翼くんとも一緒に乗りに来よう」

「きっと、すごく喜びます。翼は湊さんに会えるだけでも大騒ぎですから」

「敬語……」

「え？」

「そろそろ敬語はやめない？　普通に話してくれた方が嬉しい」

「で、でも……私の方が年下ですし」

「でも、俺たちは恋人同士だ」

私を見つめる湊さんは、優しい眼差しをしている。

「じゃあ……少しずつ……」

「ああ。できれば早く慣れてほしいところだけど」

「頑張りま……あ、頑張るね」

敬語じゃない話し方に慣れなくて、緊張してしまう。

その上、彼にじっと見られていると思うとドキドキしてきて、思わず視線を逃がすように窓に向けた。

三六〇度どこを見ても横浜の風景が広がり、よく晴れている今日は見晴らしが最高だ。少し眩しいけれど、海と街が一望できる景観から目が離せない。

（でも、なんだろう……。この景色、見たことがあるような……）

ここに来るまでは、みなとみらいの観覧車には乗ったことがないと思っていたし、今だってそんな記憶はない。

それなのに、この感覚を知っている気がする。

「美月？」

不意に呼ばれ、ハッとする。

「あっ、えっと……海に太陽の光が反射して、すごく綺麗ですね！」

平静を装うように笑うと、湊さんが目を小さく見開いた。

「……私、なにか変なことを言いましたか？」

「……いや。昔、同じことを言ってた人がいたな、と思って」

胸の奥がチクリと痛んだのは、彼が顔に浮かべた懐かしさの中に愛おしげな感情が込められていたから。

(前に付き合ってた人と来たのかな……)

湊さんに元カノがいることくらい、予想できている。

ただ、それが現実味を帯びてしまうと、少しだけ悲しくなった。

もっとも、私にだってそういう相手がいたはずだから、彼の過去に対して嫉妬しているなんて口にはできないけれど……。

海が見える特等席のあるカフェと、そこで食べたアップルパイ、そしてみなとみらいの観覧車。募っていく違和感を大きくしたのは、極めつきに観た映画だった。

湊さんの家に着き、シアタールームを兼ねた地下室で彼が選んだのは、数年前に公開された洋画。アクションと恋愛の両方が楽しめるそれは、国内外でいくつもの賞を獲ったにもかかわらず、私は観たことがなかった。

観たいと思いつつも映画館に行けず、事故に遭ったり妊娠が発覚したり……。怒涛の日々を過ごしている間に公開は終了し、すっかり忘れていた——はずだった。

ところが、見覚えのない映画の結末を知っていたのだ。

もしかしたらネットなどで目にしたのかもしれない……と思った。

一方で、さらに増えた違和感に戸惑い、なにかとても大切なことを見落としている気がしてならなかった。

きっと、思い出せない記憶に関係しているに違いない。

そう感じているのに、とうとう湊さんには言えないまま、翼のお迎えの時間になってしまった。

「ママ！」

「翼！　お泊まり保育、楽しかった？」

「うん！　つーくん、ないてないよ！　ないてるおともだちとおててつないだの！」

先生いわく、翼は泣くこともなく、それどころか泣いている友達の頭を撫で、『いっしょにあそぼう』と誘ったのだとか。

まだまだ赤ちゃんのように思っていたのに、なんだか急に成長した気がする。

嬉しくて誇らしいのに少しだけ寂しくて、思わず小さな体を抱きしめた。

「そっか。すごいね！　ママの方が寂しかったかも」

「ママ、ないちゃった？」

「泣いてないよー。でも、翼と離れてるのが寂しかったから、今日は可愛い翼をいっぱいギューッてしちゃおうかな」

「いいよ！　つーくん、ギューッてしてあげるね！」

得意げな笑顔を見せる翼に、クスッと笑ってしまう。つい十分ほど前までは不安と戸惑いに包まれていた心が、穏やかな温もりでいっぱいになった。

「翼、湊さんが待ってるよ。これからお仕事だけど、おうちまで送ってくれるって」

「やったー！　みなとくんに、おとまりがんばったよっていうの！」

大喜びの翼を連れて保育園から少し離れた路地に行くと、湊さんが車に寄りかかるようにして立っていた。

彼は私たちに気づくと、眉をわずかに下げたけれど……。

「みなとくん！」

数瞬して、いつもと変わらない優しい笑顔を向けられた。

走って飛びついた翼を、湊さんが嬉しそうに受け止める。

彼はそのまま膝を折り、翼の全身を包み込むようにギュッと抱きしめた。

「……おかえり、翼くん」

「うぅ……みなとくん、くるしいよぉ……」

「ああ、ごめん。会えたのが嬉しくて、つい……」

「もう！　つぶれちゃうよ！」

ハハッと笑った湊さんが、どこか眩しそうに、それでいてほんの一瞬だけ泣きそうな表情を浮かべた。

けれど、次の瞬間にはもう笑みを湛えていたから、それを口にはできなかった。

重なり続けた違和感を、見て見ぬふりはできない。もし記憶が戻りかけているのなら、私はどんなことがあっても向き合わなくてはいけないから……。

忘れかけていた不安が大きく膨らみ、怖い……と思ってしまう。

それでも、笑い合う彼と翼を見ていると、私からも小さな笑みが零れた。

三、失くした記憶の最後の欠片

湊さんとふたりだけでお泊まりデートをした、翌週の木曜日。

仕事を終えた私が定時に退社すると、グレンツェンの本社前に湊さんの車が停まっていた。私に気づいた彼が、すぐに運転席から降りてきてくれる。

笑みを交わして「お疲れ様」と労い合ったあと、助手席に促された。

彼から『どうしてもふたりだけで会いたい』と言われたのは、あの翌日の月曜日のこと。私は戸惑いながらも翼を実家に預けられるか確認し、承諾した。

母に『どうしてふたりで会うの？』と訊かれて、答えに困ったけれど。できるだけ早く帰ると約束し、どこか心配そうにしていた両親に翼のお迎えを頼んだ。

翼には湊さんと会うことは言えなかった。きっと、自分だけがお留守番だとわかると『ママだけずるい！』と拗ねてしまうだろうから……。

ただ、普段は『ふたりだけで会いたい』なんて絶対に口にしたことがない彼がそう言ったのには、なにか理由があるはず。

それこそ、のっぴきならないような事情があるのかもしれない。

色々と考えると不安はあったけれど、湊さんが翼を邪険にすることはないことはわかっていたから、そういう面での不安は一切なかった。

「今日はどこに行くんですか？　あ、えっと……行くの？」

敬語になってしまったことに慌てると、彼が前を向いたまま小さく笑った。

湊さんの表情が強張っているようにも感じるのは、たぶん気のせいじゃない。

だからこそ、ほんの少しでも笑顔を見せてもらえたことにホッとした。

「美月と行きたいレストランがあるんだ。でも、遅くならないようにするから」

彼が翼を気にかけてくれていることが伝わり、嬉しくなる。

程なくして着いたのは、都内にあるグラツィオーゾホテルだった。

『グラツィオーゾグループ』が展開しているここは、超一流ホテルとして名を馳せている。名前くらいは知っているけれど、利用したことはないからたじろいだ。

ひとり戸惑う私は、湊さんに「こっちだよ」と言われ、自然と繋がれた手を引かれて四十一階に店を構えるフレンチレストランに連れて行かれた。

「おいで、美月」

高級な調度品や見事なシャンデリアを前に、ためらいを浮かべてしまう。

呆然としていると、彼は私を伴ってウェイターの後を追った。

店内の最奥の窓側にあるテーブル席に着くと、ますます落ち着かなかった。

なにもないはずなのに、どうしてこんなお店に来るのかわからない。

「そんなに緊張しなくていい。普通に食事をしたいだけだから。コースはもうお願いしてあるんだけど、飲み物はどうする？」

「えっと……今日はノンアルコールにします。湊さんは運転がありますし、私も明日も仕事ですから」

「……そうか」

切なげに微笑んだ湊さんは、ウェイターにノンアルコールドリンクを頼んだ。

そんな彼の表情を見て、答え方を間違ってしまったのだろうか……と戸惑う。

（せっかくだから飲んだ方がよかった？　でも、湊さんを差し置いて飲むより、どうせなら一緒に楽しみたいし……。それに、今は緊張で酔いが回りそうだし……）

寸刻もせずに、ノンアルコールのスパークリングワインが運ばれてきた。

乾杯をして、シャンパングラスに口をつける。

さっぱりとしていて柔らかい飲み口だったため、緊張で渇いていた喉が潤った。

コース料理は、アミューズがカリフラワーのローストときのこのテリーヌ。

オードブルは、ボタンエビにみかんジュレとキャビアが添えられたものと、りんごバターがかかったフォアグラのブリオッシュ包み。

スープは、スイートコーンとレンコンのポタージュだった。

最初は緊張が勝っていたけれど、ポタージュを味わう頃にはなんとか肩の力が抜け始め、湊さんとの会話も楽しめるようになった。

彼は、相変わらずどことなく緊張感を持っているようにも見える。ただ、話す内容は特にいつもと変わりはなかった。

私のことや翼のこと、湊さんの仕事の話。この一週間どうしていたのか……ということを中心に、今週末にはまた彼と翼の三人で会おうと約束もした。

「お待たせいたしました。スズキのグリエ、バターナッツソースと貝のマリアージュでございます」

そんな中、ポワソンが運ばれてきた。

スズキをナイフで切り分けて口に入れた瞬間、バターとナッツの香りが広がる。

柔らかなスズキの身とナッツのカリッとした食感が相反しているのに、舌の上でソースが絡んで相性抜群だと思うほどのおいしさだった。

「おいしい……！　スズキは柔らかくて脂が乗ってるし、バターナッツソースとの相性がすごくいいですね。こんなの、食べたことが……」

そこまで言って、ハッとした。

〝食べたことがない〟。そう口にするつもりだったのに、反射的にそうじゃない気がしてしまったのだ。

「……美月？」

先日といい、今日といい、どうして湊さんといるときに限ってこんなことを思ってしまうんだろう。

記憶が戻り始めているのなら、過去を知るチャンスがあるかもしれなくて。不安はあるけれど、向き合う気持ちはある。

だって、知るのが怖くても、ずっと知りたいと思っていたことだから……。

その反面、彼と一緒に過ごしているときにこんな感覚に陥ると、罪悪感のようなものも抱いてしまうのだ。

（湊さんには言いにくいけど、もし記憶が戻るかもしれないならちゃんと話した方がいいよね？　でも、今はちょっと……）

せっかく素敵なお店でディナーを楽しんでいるというのに、このタイミングで話すのは気が引けた。それに、こういう話は外では言いづらい。

近いうちに……と考えて、ひとまず胸の奥にしまう。

湊さんの家に行くときや、彼とゆっくり話す時間が取れるときに話そうと決めた。

「美月、大丈夫か？」

「はい、平気です。おいしすぎて、感動しちゃって」

ごまかすように笑顔を繕い、平静を纏ってフォークを口に運び続ける。

湊さんは特に追及はせずにいてくれて、バラのグラニテを挟んだあとには、黒毛和牛のフィレ肉の網焼きをマスタードソースでいただいた。

デセールはフロマージュの盛り合わせで、栗とカシスのキャラメリゼ、柿のコンポート、蜜りんごのソルベが一枚のプレートに美しく盛り付けられていた。

カフェ・プティフルールは、クランベリーのマカロンとコーヒー。ここに至った頃には満腹で、もう明日の朝食はいらないとまで思ったほどだ。

「どれも本当においしかったです。でも、ちょっと夏らしくないメニューもありましたね。栗とか柿とか、この時期でもこんなにおいしいなんて驚きました」

「ああ、そうだね」

頷いた湊さんが、私をじっと見つめてくる。

左側の窓に臨む目の眩むような夜景よりも彼の瞳の方がずっと綺麗で、その真っ直ぐな双眸から視線を外せなかった。

「……湊さん？」

どこか緊張感を帯びた真剣な雰囲気に包まれ、周囲の人たちの会話や音が静かに遠のいていく。

私たちのテーブルだけ、静寂に包まれた気がした。

「今でもこうすることが正しいのかわからなくて、もしかしたら美月を傷つけるかもしれないとも思った。でも……それでも俺は、君の傍にいたい」

「え……？」

唐突にかけられた言葉に、胸の奥が大きく高鳴る。

湊さんの真摯な視線をただ必死に受け止めていると、程なくして彼がテーブルの上に小さな箱を置いた。

目を真ん丸にする私を余所に、ビロード素材の正方形のそれが開けられると、幾重にも光を放つ指輪が視界に飛び込んできた。

「俺はこの先、何年、何十年経っても……もし生まれ変わったとしても、美月と一緒にいたい。愛する君の傍で、君を想っていたい。だから――」

私を見つめたままの湊さんが、ほんの一瞬だけ泣きそうな顔になって。

「俺と結婚してください」

それからすぐに、彼はまるで春の陽だまりのような柔和な笑みを湛えた。

私の返事を待たずして、湊さんがテーブルに置いていた私の左手を取り、薬指に指輪をはめてくれる。

零れそうなほどの大きなダイヤモンドを中心に、小さなダイヤモンドが敷きつめられた指輪が美しい光を放っている。

薬指に感じる重みには、たぶん覚えがある。

記憶にはないのに、私はこのささやかな重さを知っている。

指輪を見つめたまま視線を上げられずにいたけれど、程なくして我に返った。

「なによりも美月を大切にするし、なにがあっても美月を守るよ」

再び目が合った彼の言葉に、胸を突き刺すような熱を与えられて。

「……っ！」

刹那、脳髄を焼き切るような激しい頭痛が起こり、反射的に右手で頭を押さえた。

いつだったか、同じ言葉を紡いでくれた男性《ひと》がいた。

悠然と輝く指輪を私に贈り、優しく愛を謳ってくれた。

ずっと一緒にいたいと願い、ずっと一緒にいると誓った。

それは絶対に気のせいじゃなくて、確かにそんな夜があった——はずなのだ。

（……いつ？　あれはいつだった？　私……そのときにも思ったはず……。幸せな夜だ——って）

胸を焼くような熱と、頭が割れそうなほどの激痛。胃にあるものすべてを吐き出したいくらいに苦しくて、熱と痛みに襲われる体が悲鳴を上げている。

「美月……？　美月、大丈夫か？」

視界が歪んでいくさなか、湊さんの声がどこかから聞こえてくる。

まるで意識が遠のいていくようで、怖くてたまらなかったけれど……。左手に感じる温もりが、私を守ってくれる気がした。

思い出さなくてはいけない。

思い出したい。

強く思えば思うほど、得体の知れないなにかが心と頭を突き刺して。息をするのもままならなくて、呼吸が荒くなっていく。

そうして、真っ白な世界に放り込まれたような錯覚に陥った刹那。

「……っ！　……みなと、さん……」

私はようやく、深い霧に包まれたままだった記憶の最後の欠片を見つけた——。

「大丈夫か……?」

放心状態の私の目の前に、グラスに注がれたミネラルウォーターが差し出される。

ぼんやりとしたまま受け取れずにいると、湊さんはベッドサイドのチェストの上にグラスを置き、私の隣に腰を下ろした。

レストランを出てどれくらい経ったのかはわからない。

異変に気づいたウェイターに声をかけられた彼は、私を抱き上げてレストランを後にすると、階下にあるホテルの一室に連れてきてくれた。

「念のために部屋を取っておいてよかった。美月、少し横になった方が──」

「っ……」

私を労わってくれる湊さんの手を摑み、涙で濡れた瞳で彼を見上げる。

目が合った湊さんは、眉を下げて微笑んでいた。

なにから話せばいいのかわからない。

頭の中がぐちゃぐちゃで、彼を見ているだけで涙が止まらなくて、嗚咽ばかりが勝手に漏れる。

「ごめん……」

そんな私を見つめたままの湊さんが、力なく謝罪を零した。

ドキッとしたのは、その言葉をどう捉えればいいのか判断できなかったから。

思考が纏まらなくて、不安が大きくなった。

「守るって……守るって約束したのに……ずっと、美月のことを忘れてた……」

彼の苦しそうな表情と声音に、胸がひどく締めつけられる。

ますます涙が溢れて、濡れた頬をさらに濡らした。

首をブンブンと横に振り、摑んだままの湊さんの手をギュッと握った。

「ごめんなさい……。私もずっと、湊さんのことを忘れてた……。どうしてっ……」

嗚咽に塗れた声が、静かな部屋を揺らす。

「どうして……一番大切な人のことだけ、忘れたりしたの……」

他の誰でもない、自分自身に放った言葉。

苦しくてつらくて、後悔ばかりが大きくなっていく。

これは取り返しがつかないことなのだ……と、痛いくらいに感じた。

「ごめん……。本当にごめん……」

泣きじゃくる私をなだめるように、彼が私の体を抱き寄せる。

優しかった腕にはすぐに力がこもり、きつくきつく抱きしめられた。

「翼くんは……翼は俺の子なんだな?」

確信めいた問いに、迷うことなく頷く。

「ごめん……。きっと、ひとりで苦しませた……」

ぎゅうっと抱きしめてくれる湊さんに、ただただ首を横に振った。

彼が傷ついていることがわかるのに、体を包む温もりに安堵感を抱いてしまう。

いつもこんな風に抱きしめてくれたことを、今はよく思い出せる。

忘れていたことが不思議なくらい、湊さんとの思い出たちが次々と押し寄せるように蘇ってきた。

そっと体を離せば、彼と目が合った。

強い意志を秘めた瞳が、私を見つめるときには穏やかになるところも……。私の頬に触れる手が、慈愛に満ちたように優しいところも……。なにも変わらない。

あの頃のままの湊さんが目の前にいることが、言葉にできないほどに嬉しくて。けれど、同じくらいの切なさが胸を戦慄かせた。

彼の存在を確かめるように、滑らかな頬に触れる。

すると、まるで私の想いを掬い取るかのごとく、端正な顔が近づいてきた。

瞼を閉じれば唇が重なり、愛おしさが込み上げてくる。

〝あの夜〟から止まっていた私たちの時間が、今ようやく動き出した。

「……湊さんはいつ思い出したの？」

離れた唇に名残惜しさを感じながらも訊けば、湊さんがためらいがちに開口した。

「この間、美月とホテルに泊まった夜だ……。それまでにも、美月といると違和感を覚えることはあったけど、あの夜に事故のときの夢をみて……はっきりと思い出した。でも、正直に言えば、最初は信じられない気持ちもあった」

彼の言い分には、とても共感できる。私は今もまだ、これが現実だと理解しつつも、どこか信じられない気持ちもあるから……。

「それでも、一晩経つとはっきりと確信できたし、美月との思い出も忘れてたのが不思議なくらい鮮明に思い出せた」

「だから、あのカフェや観覧車に……？」

「ああ……。美月の記憶が戻ってないのはわかってたし、記憶が戻れば美月が傷つくことも安易に想像できた。それでも、美月にも思い出してほしいって気持ちが、どうしても消せなかった……」

「湊さん……」

「美月が傷つくと思うと、真実を話すことが正しいのかわからなかった……。ただ、俺はすべてを思い出したからこそ、美月と翼と一緒に生きていく道以外は考えられなくなった。だから、あの夜と同じようにプロポーズをしようと思ったんだ」

今となっては、レストランも出された料理もプロポーズの言葉も、あの幸せだった夜とまったく同じだったとわかる。

ポワソンを食べたときに違和感を覚えたのも、当然だったのだ。

「料理も……あの夜と同じだったね」

「ああ、レストランのオーナーに無理を言ってお願いしたんだ。でも、荒療治だったな……。本当にすまない」

「ううん、そんなことない。私だって、きっと同じようなことをしたと思う……。むしろ、先に思い出した湊さんの方がつらかったよね……」

湊さんがひとりで苦しんでいたのだと思うと、また涙が溢れてくる。

「なに言ってるんだ。俺なんかよりも美月の方がずっとつらかっただろ」

彼は眉を下げ、力ない笑みを零した。

「きっと、俺の想像以上に苦しんだはずだ……」

暗に、翼のことを言われているのはわかった。

笑顔で『平気だよ』なんて言えない。

恐怖心も、不安も、苦しみも、数え切れないほど味わい、何度も心が折れかけた。

私のそういう弱さを、きっと湊さんなら見抜いているはず。

「父親なのに、今日までなにもできなかった。なによりも、大切な君をひとりにしてしまった……」

けれど、彼も言いようがないほどの大きな後悔を背負っているとわかる。

思い返せばあの日、翼の顔を見た湊さんは一瞬だけ泣きそうな顔をして、それから翼のことを強く抱きしめていた。

彼のあの態度の意味が、今ならよく理解できる。

だからこそ、責める気持ちは微塵も湧かなかった。

「どれだけ謝罪しても足りないのは重々わかってる。だが、その上でどうしても言いたいことがあるんだ」

湊さんは真剣な瞳の中に後悔と罪悪感を滲ませながらも、私の両手を握りしめた。

「ありがとう。翼を産んでくれて……」

「……っ」

「よかった……。君が、あの子を諦めないでいてくれて……」

そう語った彼の双眸には、うっすらと涙が浮かんでいた。

それにつられるように、私の瞳からも再び雫がボロボロと零れ落ちていく。

「あのとき……もしお腹の子を堕ろしたら、いつか取り返しがつかないくらい後悔すると思ったの……。怖くてたまらなかったけど……絶対に諦めたくないって……ッ」

「ああ……。ごめん……傍にいられなくて……。ずっとひとりで苦しませて、本当にすまない……」

湊さんの苦しみと痛みが、軋む胸を熱くする。震える唇で紡がれた言葉には、涙が混じっていた。

「もう離れないから……。今度こそ、なにがあっても守るから……」

「うん……っ。私も、もう絶対に離れないから……なにがあっても離さないで……」

私を抱きしめた彼は、「うん」と小さく零した。囁くような声音だったけれど、そこには力強い意志が込められていた。

「名前……翼にしたんだな」

「うん……」

大空に羽ばたいていけるように――。

そんな意味を込めてつけた名前は、幸せだったあの夜の湊さんとの会話が残滓として記憶の奥に埋まっていたからに違いない。

『翼くんか。空に向かって力強く羽ばたいていけそうな、いい名前だね』

翼の名前を教えたときにそう返してくれた彼も、もしかしたら記憶の深層ではあの夜のことを感じていたのかもしれない。

そう思うと、ほんの少しだけ救われたような気持ちになった——。

それから、お互いの知っていることや思い出したことを話した。

まるで答え合わせのようで、けれどひとつずつパズルのピースがはまっていくかのごとく、記憶がさらに鮮明になっていった。

記憶のなかった時期がほとんど一致していること。湊さんがユウキウェディングのCEOになってからは、人員整理を理由に退職者を出したことは一度もないこと。

よくよく話してみれば、不幸な偶然が重なりすぎていたのだ。

「この数日、色々と考えたんだが……事故すらも偶然とは思えない」

「そんなっ……！　まさか……」

「俺もそう思った。でも、ただの偶然にしては話が出来すぎてると思わないか？　お互いに事故で頭を強打して記憶が欠落したのは偶然だと考えても、人員整理をしたなら俺が知らないはずがない。それに……美月のご両親も……」

そこで口を噤んだ彼が、なにを言わんとしているのかを察する。

事故に遭う半年ほど前、湊さんは私の両親に挨拶に来てくれている。

それなのに、少し前に彼と鉢合わせた母は、そのことを言わなかった。

今ならあの日の母の態度に抱いた違和感の意味が、よくわかる。そして、今日の翼のお迎えを頼んだとき、珍しく心配そうにしていた理由も……。

(お母さんたちはなにか知ってるんだ……。その上で、それを隠してる……)

「おかしいのはそれだけじゃない。俺の家には、美月と付き合ってた形跡のようなものがまったくなかった。君が泊まりに来るときのために置いてたルームウェアや化粧品、思い出の写真すらも……」

「そういえば……私の家にもそれらしいものは一切なかった。スマホは事故のときに壊れてしまったけど、あの日湊さんにもらった婚約指輪も、それまでにもらったプレゼントなんかも……」

顔を見合わせた私たちは、きっと同じことを考えていた。

(誰かが私たちが持ってたお互いの痕跡を消した……?)

「俺は、真実を探ろうと思う」

湊さんは私を見つめ、きっぱりと言い切った。私の記憶が戻らなくてもそうするつもりだったのは、彼の顔を見れば一目瞭然だった。

「私も、真実が知りたい。記憶を失くしたことは不慮の事故だったとしても、少なくとも両親は私たちのことを知ってたはずだから」

「ああ」

「でも、その前に相談したい人がいるの。両親に話をするのはそのあとにしたい」

「……理沙さんか」

「うん」

「それなら、俺の家で話そう。外だと誰に聞かれてるかわからないし、色々な疑惑がある以上は慎重に事を運びたい。理沙さんにはまた迷惑をかけてしまうけど……」

疑心と警戒心をあらわにする湊さんに頷けば、彼が腕時計を確認した。

「そろそろ時間だな」

実家にいる翼は、きっと私を待っているだろう。

夕食もお風呂も済ませてくれているはずだけれど、明日も保育園があるし、あまり遅くなるわけにはいかない。

「今夜は送っていくよ。本当は翼に会っていきたいけど、美月のご両親のこともあるし、今はそれも避けた方がいいか……」

「そうだよね……」

「そんな顔しなくていい。土曜日にはまた会えるんだから」

眉を下げていた私は、なんとか笑顔を繕う。

「美月と翼がよければ、すぐにでも一緒に住まないか？　いつからでも構わない。今週末からでも、翼が戸惑うようなら少しずつ慣らしていく形でもいいから」

「……いいの？」

「当たり前だ。わかってると思うが、その指輪はなにも美月の記憶を取り戻すためだけに贈ったものじゃない。それに、本当はあのときには一緒に暮らすはずだったんだ」

「うん……。そうだね……」

過ぎた時間はもう取り戻せない。

悔やむ気持ちも、やるせない思いもあるけれど……。私たちは、とにかくこれからのことを考えていかなければいけない。

そしてなによりも、翼を守らなければいけないのだ——。

四、裏切り

二日後の土曜日。

七月も終わろうとしている夜は、蒸し蒸しとした暑さに見舞われていた。

「……いやいや、豪邸すぎない!?」

湊さんの家にやってきた理沙は、家の前で開口一番にそう言い、室内を見てさらに目を丸くした。彼は苦笑しつつも、「適当に座って」とソファに促した。

「りさちゃん、どうしたの!? りさちゃんもおとまりするの!?」

「やっほー、翼！ 理沙ちゃんはお泊まりはしないけど、翼に会いに来たんだよ」

「ええっ！ きょうはすごいねぇ、ママ！」

彼女の言葉に満面の笑みになった翼に、「そうだね」と頷く。

「みなとくんとりさちゃんがいるの、うれしいなぁ。パーティーみたいだねぇ！」

無邪気に喜ぶ翼に、みんなの目が柔らかな弧を描いた。

ハイテンションだった翼が眠るまでの一時間は、これから重い話をするなんて思えないほど穏やかな時間が流れていた。

ソファで眠ってしまった翼を湊さんが寝室に運んでくれたあと、理沙の面持ちが強張った。柔和だった空気も消え、緊張感に包まれる。

「わざわざ来てもらって申し訳ない。でも、安全な場所で話したかったんだ」

「それは構わないんですけど……ここじゃないと言えない大事な話って？」

彼の言葉に戸惑いを浮かべる彼女を、真っ直ぐに見つめる。

「理沙……。私の両親から、私の恋人……翼の父親についてなにか聞いてない？」

「えっ……急にどうしたの？　何度も言ってるけど、私は――」

「翼の父親は、湊さんだったの」

理沙の声を静かに遮ると、彼女はみるみるうちに目を大きく見開いた。

「事故に遭った日、私は湊さんと一緒にいて……あの夜、湊さんにプロポーズされたばかりで、彼とずっと一緒に生きていくつもりだったの……」

「……っ、え……えっ……？　待って……待ってよ！　どういうこと……？　美月、記憶が……!?　それに、翼の父親が結城さんって……」

混乱している理沙の顔から、血の気が引いていく。動揺をあらわにする彼女に、私はできるだけ落ち着いた口調でこれまでの経緯を話した。

「嘘……でしょ……」

「ううん、嘘じゃないよ……。私もまだ戸惑ってるけど、記憶が戻ったおかげで全部思い出したんだ。事故の日は湊さんにプロポーズをしてもらって……理沙に会ってほしいっていう話もしてた。でも……」

「事故に遭って、俺たちはその頃から一年ほどの記憶の一部を失くしてしまった。事故はともかく、あまりにもおかしなことが多すぎると思わないか？」

言い淀んだ私に代わって、湊さんが説明を引き継いでくれた。理沙は相変わらず困惑していて、彼と私を交互に見ては動揺を色濃くしていった。

その様子を見ていた私は、ひとつの仮説にたどりつく。

「理沙……。もしかして、なにか知ってるんじゃない？　もしそうなら、ちゃんと教えてほしい。私たちはもちろん、翼のためにも……」

理沙は目の前のグラスを手にすると、半分ほど残っていたアイスコーヒーを一気に飲み干した。それから、意を決したように息を吐いた彼女が頭を深々と下げた。

「ごめんっ！　私、今まで『美月があんまり教えてくれなかったから知らない』って言ってたでしょ？　それは本当なんだけど、美月に黙ってたことがあるの！」

「黙ってたこと……？」

不安と緊張が走って、思わず隣に座っている湊さんを見る。すると、彼は私の手を握り、大丈夫だと言わんばかりに小さく頷いてみせた。

ほんの少しだけ安堵感を抱き、再び彼女を見つめる。

「実は……美月の両親から口止めされてた……。『美月は事故のショックで恋人のことを忘れてる。医者が言うには、よほどつらいことがあったからだろう……って。だから、美月のためにも恋人の話は一切しないでほしい』――。事故に遭った美月のお見舞いに初めて行った日、おばさんからそう言われて……」

「そんな……」

「翼が生まれる前にもこんどう亭に行って、美月に真実を話さなくていいのか訊いたんだけど……」

ためらうように口を噤んだ理沙に、続きを促す意味を込めて首を縦に振る。

彼女は眉を下げると、重い口ぶりで「ふたりとも……」と切り出した。

「『言わないでくれ』って。『相手はもう関わりたくないと言ってる。責任も取るつもりはないと言われた。でも、美月がこれを知ったら傷つき、もっとつらい思いをするから言わないでくれ』って懇願されて……」

「それで、理沙さんはずっとなにも知らないふりをしてたのか……」

「すみませんっ……！　美月の記憶が戻らない以上、いくら親友でも美月の両親の意向を無視するわけにもいかなくて……。それに、美月が苦しむくらいなら、翼の父親のことは知らなくていいのかもしれないって気持ちも少なからずあって……」

「理沙さんを責めてるわけじゃないんだ。美月の両親からそんな風に言われれば、どうすることもできないのは当然だ。美月だってそれはわかってると思うよ」

言葉を失っていた私は、湊さんの意見に同調するように二度首を縦に振る。

「理沙の行動は私のためだったんだから、責めるつもりなんてないよ。むしろ、こんなことをずっと背負わせてたんだって思うと、申し訳なくて……。ごめんね……」

「違うよ、美月！　私はただ、美月と翼が幸せならいいって思ってて……。でも、こんなことなら、美月の両親との約束なんて破って全部言ってしまえばよかった……。そしたら、ふたりはもっと早く……」

「理沙……」

もし、理沙から事情を聴いていたとしても、私の記憶が戻っていたとは限らない。

ただ、彼女の罪悪感と後悔は痛いくらいに伝わってきた。

きっと、私が理沙の立場でも同じことをし、そして彼女のように罪悪感と後悔に苛まれたに違いない。

「結城さんが美月と翼を大切にしてくれそうな人だってわかってホッとしたし、付き合うって知ったときもすごく嬉しかった……。だからこそ、私が全部話してれば、もっと早くになにかが変わってたかもしれないのに……」

「理沙のせいじゃないよ」

立ち上がって理沙の傍で膝をつき、笑顔を向けて彼女の手を握る。

「私、理沙にはすごく感謝してる。私のことをずっと支えてくれて、翼のことも可愛がってくれて、いつだって味方でいてくれたでしょ。それが本当に心強かったし、理沙がいてくれたからこそ乗り越えてこられたことがたくさんあるんだよ」

「美月……」

「俺も君には感謝してるんだ」

湊さんは優しい笑みを見せ、息を小さく吐いた。

「俺と美月が再会したとき、理沙さんが美月の背中を押してくれたんだろ？　それに、俺が初めて翼と会うときだって、君は立ち会ってくれた。理沙さんがいなければ、俺たちは今こうして一緒にいられなかったかもしれない」

「そんなこと……」

「少なくとも、俺も美月もそう思ってるよ。だから、君を責めるつもりなんてない。ただ、俺たちは真実を知りたいんだ」

彼の言葉に相槌を打ち、「そうだよ」と言って微笑む。

「理沙さん、改めてお礼を言わせてほしい。本当にありがとう」

「そんな……！　私はただ、美月と翼に幸せになってほしくて……」

「ああ。でも、理沙さんが幸せになってほしいと願ってくれてるふたりは、俺にとってなによりも大切な存在なんだ」

湊さんの想いに、胸の奥が戦慄く。

彼を真っ直ぐ見つめていた理沙は、涙を滲ませた瞳を緩めて「はい」と笑った。

「美月。私になにかできることはある？」

「理沙……」

「なんでも言って。私、美月と翼のためならできることはなんでもするから」

「実は……明日、湊さんと一緒に私の両親に会いに行くつもりなんだけど……」

真剣な顔をしていた彼女は、即座にすべてを察したようだった。

「じゃあ、ベビーシッターは任せて。明日は早番だから、夕方には来られるよ」

「頼ってばかりでごめんね……。本当にありがとう」

「水くさいこと言わないの！　私と美月の仲でしょ！」

湊さんもお礼を告げると、理沙は「翼のことはよく知ってますから」と笑った。

本当は、明日が来るのが怖い。私のためだったのかもしれないけれど、両親に真実を隠されていたという事実に胸がひどく痛んでいるから……。

それでも、彼と翼と生きていくと決めたからこそ、すべてを知りたかった。

＊　＊　＊

翌日の夕方。

湊さんの家に姿を見せた理沙に、翼はまたしても無邪気に喜び、彼女とお留守番することもすぐに承諾してくれた。

私は安堵しつつも、このあとのことを考えると不安と緊張でいっぱいだった。

すると、理沙が苦笑を零し、わざとらしくリビングを見回した。

「それにしても、本当に立派な家だよね。結城さん、こんな豪邸に私を置いていってもいいの？　そんなに信頼しても大丈夫？」

彼女の冗談めかした態度に、湊さんがクスリと笑う。

「美月と翼のためなら、この家くらい差し出してもいいさ。俺たちの仲を取り持ってくれたこともだが、美月を支えてくれた理沙さんにはそれくらい感謝してるんだ」

「やだ、太っ腹じゃないですか！　翼、ここで理沙ちゃんと住もうか？」

「ここ、みなとくんのおうちだよ！　りさちゃんはおきゃくさんでしょ？」

真剣に理沙に意見する翼に、思わず彼と顔を見合わせて噴き出してしまう。彼女もクスッと笑うと、私の背中をポンと叩いた。

「結城さん。美月のこと、ちゃんと守ってね」

「ああ、もちろん」

私には、湊さんと理沙という心強い味方と、翼という大切な存在がいる。

それを改めて感じたとき、膨らみ切っていた不安と緊張がわずかに落ち着いた。


こんどう亭の閉店時刻に合わせて実家に行くと、両親は片付けをしていた。

「あら、美月？　こんな時間にどうし――っ!?」

店内に入ると私に気づいた母が、そのあとに続く言葉を呑み込んだ。

カウンター席の奥から顔を出した父も、私の後ろにいた湊さんを見て瞠目した。

「こんばんは。先日を除けば、約四年ぶりでしょうか」

にっこりと微笑んだ彼の面差しの奥には、静かな怒りの炎が宿っている。

「私たちがここに来た理由、わかるよね？」

ホールに出てきた父も、布巾を持ったままの母も、青ざめた顔でいる。

その表情こそが、ふたりが重大な秘密を抱えていることを物語っていた。

「美月……。あなた、記憶が……」

「全部思い出したよ。湊さんと付き合ってたことも、プロポーズされたことも、翼の父親が彼だってことも……。お母さんたちは知ってたんだよね？」

怒鳴りそうな自分を必死に抑え、できるだけ冷静でいることを心掛ける。

「どうして黙ってたの？　翼の父親が湊さんだってわかってて……なんで知らないふりをしたの？　ちゃんと教えて！」

「美月」

大声を上げた私をなだめるように、湊さんが背中に優しく手を添えてくる。

冷静でいたいのに、色々な感情に支配されて心も頭もぐちゃぐちゃだった。

父は落胆したように目を伏せ、母を見遣る。母は小さく頷くと、静かに二階へと上がり、小さな段ボール箱を抱えて戻ってきた。

母がテーブルに置いた段ボール箱を、両親は罪悪感に塗れた顔で見つめている。

私は彼と顔を見合わせ、恐る恐るそれを開いた。

直後、息が止まるかと思った。

中に入っていたのは、見覚えのあるものばかりだったから。

何枚もの写真、映画の半券、観覧車の乗車券。手帳、ネックレス、腕時計。そして、婚約指輪が収まっているはずの箱……。

「これ……どうしたの？」

声が震える。真っ直ぐに立っていられないほど動揺し、呼吸が乱れそうになる。

湊さんがすぐ隣にいなければ、感情のままに喚いていたかもしれない。

「美月……すまなかった!!」

そんな私の目の前で父が床に膝をつくと、母も同じように両膝を折り、ふたりして土下座をした。

「ごめんなさい……！」

「すまない！　本当にすまないっ……！」

床に頭をこすりつけるふたりを見て、困惑を隠せない。

目の前の光景がなにを意味しているのか、上手く理解できなかった。

「なに……？　どうしてそんなこと……するの？」

心臓がギュッと摑まれたように苦しくて、無意識のうちに彼の腕にしがみつく。

湊さんとのことを隠していただけで、土下座までするだろうか。

冷静じゃない思考では答えがわからないけれど、たとえようのない不安と恐怖が押し寄せてくる。

「湊さんのお父様との約束だったんだ……」

やがて、父が力なく呟いた。

「『たかなし』の借金をすべて肩代わりするから、ふたりが付き合ってたことは他言せず……美月と湊さんを二度と会わせないように——と……」

なにを言われているのか、わからなかった。

たかなしは、高梨家が代々継いできた料亭だ。

大きくはなかったけれど、赤坂《あかさか》の一等地に店を構え、従業員も数名いた。

ところが、私が知らない間に経営難に陥っていたようで、ちょうど事故に遭ったあとに店を畳み、母の実家であるこんどう亭を祖父母から引き継いだのだ。

「待って……。借金って、どういうこと？　たかなしは、大きな借金を抱える前に手放したんじゃなかったの……？」

「美月が事故に遭った頃には、すでに二千万円以上の借金があったんだ……。もう融資してくれる銀行もなくなって、首が回らなくなってた……。でも、親から引き継いだ店だけに手放す覚悟ができず、従業員を路頭に迷わせるわけにも……」

「それで……湊さんのお父様と……？」

「わかってる……！　お前には申し訳ないことをした！　でも、美月のためでもあったんだ！　父さんたちが借金を残せば、いずれはお前にも迷惑がかかると……」

「だからって……そんな条件を呑んだの？」

両親が私に湊さんのことを隠していたのも、理沙に口止めしていたのも、私を慮ってのことだ——と思っていた。

それなのに、真実はまったく別物だったなんて……。

「あのときはああするのが一番いいと思ったのよ……。あなたは湊さんのことを覚えてないみたいだったし、湊さんのお父様はあなたたちの交際を断固として反対されてたの。だから、私たちはあなたがつらい思いをするくらいなら……って」

「でも……お金を受け取ったんでしょう？」

言い訳を並べる母に返した声音は、自分でも驚くほど冷たかった。

「そ、それは……。あなたに迷惑がかかると思って……」

「父さんたちは、首をくくることも考えたくらいだったんだ！　でも、ひとり娘のお前に借金を残すわけにはいかないと……！」

「そうよ……。美月を犠牲にしたんじゃなくて、美月のためでもあったの！」

「結果論かもしれないが、お前がシングルマザーになる道を選んだ以上、翼にもつらい思いをさせるかもしれなかったんだから……」

「なにを……っ……なにを言ってるの……？」

両親の姿が歪んでいく。

自分たちを正当化する言い分を耳にするたび、頭がおかしくなりそうだった。

翼を妊娠しているとわかったときには産むことを猛反対していた両親も、出産後にはたくさん支えてくれたし、実家を出てからも何度も頼らせてもらっていた。

翼を可愛がってくれるふたりを見ると、本当に嬉しかった。

いつも感謝していた。心から感謝していたのに……。

「お父さんたちは……私の人生をお金で売ったんだよね？」

今は絶望感に押しつぶされてしまいそうで、両親にずっと裏切られていた……という気持ちしか持てない。

「そんなつもりじゃ……！　父さんたちだって――」

「じゃあ、どういうつもりだったの!?」

嗚咽混じりの叫びが響く。

怒りで体が震えることを、生まれて初めて知った。

頭がガンガンと殴られているみたいに痛くて、呼吸が思うようにできない。立っているのもやっとで、湊さんが支えてくれていなければこの場に倒れてしまいそうだった。

「お父さんたちは……私から大切な人を奪って、翼から父親を奪ったのよ!?」

気づけば涙に塗れた顔で、泣き叫んでいた。

情けなさ、悔しさ、怒り、悲しみ……。負の感情ばかりが心の中で渦巻いていく。

シングルマザーとして生きてきた中で、つらく苦しいことは山ほどあった。

心が折れそうだったことも、何度もあった。

それでも、こんなにも醜く黒い感情を抱いたことなんて、一度もなかった。

一歩間違えれば、翼を産まない人生を送っていたかもしれない。

そんなことを想像した瞬間にゾッとして、体が震え上がるほど怖くなった。

絶対に許せない……。そう思うことが親不孝で、どれだけ非情だとしても、私は両親に対して憎悪の念を感じてしまった。

「……お話はよくわかりました」

私の嗚咽だけが響いていた店内に、湊さんがひどく冷淡な声を落とした。

彼を見上げると、その視線は両親に向けられていた。

「私の父が謀ったことであるのは謝罪します。借金のことも同情します。ですが、私の大切な人を傷つけたことは、いくら美月さんのご両親であろうとも許せません」

静かに怒りを滲ませる湊さんが、私を守るように抱きしめた。

「あなた方には、美月を産み育ててくださったことや、美月と翼を支えてきてくださったことには感謝こそしますが、もう美月と翼の傍にはいてほしくありません」

泣きじゃくる私を包む腕が大丈夫だと言ってくれているみたいで、ますます涙が止まらなくなる。

「これからは俺がふたりを守ります」

彼の誓いに、胸の奥が苦しいくらいに締めつけられた。

「美月……帰ろう。翼が待ってる」

私を優しく促す湊さんの瞳は、悲しみや怒りを隠すように緩められている。

私はぐちゃぐちゃの顔で力なく頷き、彼に寄り添われて実家を後にした。

「ごめんなさい……。本当にごめんなさい……」

車の中で泣きじゃくる私を、湊さんがそっと抱きしめてくれる。

彼の体温を感じると、ますます罪悪感が大きくなった。

「美月のせいじゃない。君が謝ることはないんだ」

「でもっ……私の両親が……」

「もとはと言えば、俺の両親が、俺の父が謀ったことだ。謝るなら俺の方が……」

「湊さんは悪くないよっ……！　両親が隠したりしなければ……」

翼が生まれてから今日まで、どうして隠していたんだろう。

無邪気に笑いかける翼を見ても、両親はなにも思わなかったのだろうか。

もし、私が湊さんと再会することもなく、一生記憶が戻らなかったら……。あのまずっと、真実を隠し続けるつもりだったのかもしれない。

そうしたら、私たちは永遠に巡り会わないまま生きていくことになっていた。

「すまない……。事情がどうであれ、結果的には取り返しのつかないことをした。何度謝ってもこの罪は消えないが、今度こそなにがあっても君をひとりにはしない」

ぎゅうっと腕に力を込めた湊さんが、力強い声音でそう紡いだ。

「絶対に美月と翼を守るよ」

彼の背中に腕を回し、繰り返し首を縦に振る。

「帰ろう、俺たちの家に」

消化し切れない絶望と悲しみの中で、翼の無邪気な笑顔が脳裏に過った。

＊＊＊

翼が眠るベッドに入ったのは、深夜三時を過ぎた頃だった。

あのあと湊さんの家に戻ってきた私たちは、翼を寝かしつけてくれていた理沙にお礼を言い、ありのままを伝えた。

『私はなにがあっても美月と翼の味方だから！　それに、今の美月と翼には結城さんがいるんだから大丈夫だよ』

絶句していた彼女は憤慨し、私を抱きしめてくれた。

まだ絶望感は拭えないけれど、理沙の言葉は胸の奥にしっかりと残っている。

「あのとき記憶を失くさなければ、翼が生まれたときからずっと、こうして三人で眠ることができたんだろうな……」

不意に、翼の寝顔を見つめていた彼が寂しげに微笑んだ。

湊さんの気持ちを考えると、胸が張り裂けそうになる。

どれだけ大変な思いを味わってきたとしても、私は翼の成長をずっとこの目で見てこられた。けれど、彼はその機会をすべて奪われてきたのだ。

目頭の熱をこらえるよりも早く、涙が頬を滑り落ちる。

湊さんの瞳にもうっすらと雫が浮かんでいて、どれだけ傷ついているのかと思うと苦しくてたまらなかった。

言葉なんてかけられなくて、ただ嗚咽を押し込めることしかできずにいたとき。

「ママ……みなとくん……」

むにゃむにゃと口を動かした翼が、ふにゃっと気が抜けたように笑った。

「つーくん、もうたべられないよぉ……」

可愛い寝言に思わず彼と顔を見合わせた直後、どちらからともなく微笑を零した。

私たちの間で眠っている翼は、きっと楽しい夢をみているに違いない。

小さな天使に心が救われた気がした私と同じように、翼を見つめる湊さんも瞳をたわませていた――。

五、深い霧の中に眠っていた真実　Side 湊

緑に囲まれた土地に降り立つと、耳をつんざく蝉時雨が降り注いだ。

茹だるような暑さは山の中でもさして和らがず、肌がじんわりと汗ばむ。

この数日間の目まぐるしさは、人生で一番のものだったかもしれない。

信じられないことを見聞きした思考は未だどこか冷静にはなり切れず、心にはドロドロとした黒い感情が濁流のごとく押し寄せ、纏わりつくように居座っている。

どうしたって消化できる気がしないが、それでも今は立ち止まっている暇はない。

欠けていた記憶を取り戻せたのは、美月を抱いた夜のこと。

あのとき、どこか懐かしい感覚を抱えて眠りに就いたことを、よく覚えている。

そして、夢の中で事故の光景を目の当たりにしたのだ。

彼女の声で目を覚ましたとき、記憶が戻ったことを悟った。

目の前にいる美月がどれほど大切で愛おしい存在かを思い出した瞬間、心が痛いくらいに震え、嗚咽が漏れてしまいそうだった。

それを隠すように抱きしめた彼女の温もりを忘れていたことが不思議なくらい、み

るみるうちになにもかもが鮮明になった。

けれど、美月にはすぐに言い出せなかった。

俺自身、半信半疑だったのもあるが、なにも思い出している様子のない彼女を傷つけるかもしれないと考えると、すべてを打ち明けることが正しいとは思えなかった。

それなのに、美月との思い出の場所を巡ったのは、本心では彼女にも一刻も早く記憶を取り戻してほしいと願っていたからだ。

『窓枠がすごく可愛いね』

『海に太陽の光が反射して、すごく綺麗だね』

初めてカフェに行き、みなとみらいの観覧車に乗ったとき。美月はそんな風に言い、記憶がなかったあの日にも過去をなぞらえるように同じ言葉を零した。

違ったのは敬語だったことくらいで、表情もセリフも当時を再現したのかと思うくらい差異がなかった。

無邪気に笑う彼女を見て胸が締めつけられ、様々な感情が渦巻く心を抱えながら泣きたくなった。

どうして忘れていたのか。

どうして思い出せずにいられたのか……。

すべての記憶を取り戻したあとには、そんなことしか考えられなくて……。迎えに行った翼と美月が手を繋いで歩いてくる光景を見た瞬間、後悔と懺悔の気持ちがとめどなく溢れ、一瞬で視界が歪んだ。

彼女がどんな思いで翼を産むことを決意し、ひとりで小さな命を守ってきたのかと思うと、のうのうと生きてきた自分自身を許せなかった。

美月の両親を責めたが、記憶がなかったとはいえ俺にも責任がある。

もともと、父が美月との交際を反対していることは察していたし、父もそれを隠すことなく政略結婚をさせようと次々に縁談を持ちかけてきていた。

実際、俺の知らないところで纏まりそうになっていた話もあったほどだ。

それでも、自分の想いを貫こうと決め、彼女にプロポーズした。

あのあと俺たちを見舞ったのが不慮の事故だったとしても、記憶喪失になったとしても……。事故が起こる前に父をきちんと説得できていれば、こんな不幸が訪れることはなかったのではないだろうか……。

そんな気持ちが拭えず、父や美月の両親への怒りが消えない一方で、誰よりも責められるべきは俺自身だとすら思った。

記憶が戻り泣きじゃくる美月を見たとき、その気持ちはいっそう強くなった。

なにも悪くない彼女が自分自身を責めている姿はひどく痛々しく、俺自身が傷つくよりもずっと苦しかった。

優しい美月は、きっとたくさんの後悔を抱え、自分自身を責め続けているだろう。

そんな彼女を思えば、俺もさらに過去を悔い、悲しみとやるせなさに苛まれた。

ただ、今はそんなものに囚われているわけにはいかない。

もし父が、俺たちの記憶が戻り、またこうして想い合っていると知ったら、再び手を回す可能性は大いにある。

記憶が戻る前から美月と翼との将来を見据えていたが、まずは翼の気持ちを第一に考えるつもりだった。

しかし、事実を知った以上、悠長なことは言っていられない。

ふたりを守るためにも可能な限り傍にいたいし、できれば一刻も早く同居するべきだろう。彼女もこの件には賛成してくれている。

なによりもまずは一緒に住むことを先決にし、今後のことを考えていこう――と。

とにかく、今は優先順位を変えてでもふたりを守れるように行動するしかない。

美月の両親から聞いた話が真実ならば、父の命令で動いていた人間がいるはずだ。

思い当たるとすれば、ひとりしかいない。

その人物に会うために、まだ日の高い金曜日の午後に会社を抜け出して、東京とは思えないのどかな街にやってきた。

白い外壁に囲まれた施設に足を踏み入れると、庭の方へ案内された。

そこには、車椅子に乗った男性がぼんやりと空を仰いでいた。

痩せた後ろ姿は、昨年まで目にしていた容姿からは程遠い。

「……病室にいなくていいのか」

俺の声にピクリと肩を揺らした彼が、おもむろに振り返る。

「俺がここに来た理由はわかるか？」

「湊社長が仕事を置いてくるなんてよほどのことです。そのご様子ですと、すべてを思い出されたのでしょう」

どこか遠い目をした男性は、池垣公介《いけがきこうすけ》。

昨年末まで父の第一秘書をしていたが、胃がんを患っていることが発覚し、六十五歳の誕生日を迎えるとともに依願退職した。今年に入って二度の手術をしたものの、すでに全身に転移が見られ、今はこの緩和ケアセンターで療養している。

月に一度、必ず見舞っていた。それなのに、これまでなにも知らずにいた。

「単刀直入に訊く。裏で動いてたのは、池垣……お前だな？」

「ええ、そうです。社長の命を受け、すべて私が手を回しました」

覚悟を決めてきたはずだったのに、絶望感が襲ってくる。

池垣は、俺も信頼している秘書のひとりだった。

父の秘書ではあったが、俺がユウキウェディングのＣＥＯに就任した年だけ俺に付き、その一年間で彼に何度も助けられ、様々なことを指南してもらった。

だからこそ、心の中がやり場のない焦燥感と熱でいっぱいになる。絶望で体が震えそうになりながらも息を深く吐き、それらを噛み殺すようにこぶしを握った。

美月が味わってきたつらさに比べれば、これくらいどうってことはない。

「人員整理の名目で美月をクビにし、社員データを消して……美月の両親に金を用意したのも？」

「ええ、そうです」

「俺の家から、美月に関わるものを処分したのも？　それに――」

「湊社長」

手のひらに爪が食い込んだとき、池垣が自嘲混じりの笑みを浮かべた。

「あなたが想像したことは、恐らくおおよそ合っています。高梨さんとの接点を徹底的になくすため、青山のスタッフには金銭で口止めし、高梨さんと親しかったスタッフとマネージャーにはユウキコーポレーションでそれなりの立場を与えました」

「美月に俺との子どもがいたことは知ってたのか？」

「子ども？　いえ、それは……。ですが、それを知っていたとしても社長のお考えは変わらないでしょうし、状況は変わっていませんでしたよ」

痩せ細った彼は、力なく話しながらも不敵な笑みを浮かべている。

怒りで体が震えていると気づき、今にも胸倉に摑みかかりそうだった。

「あの事故は……ちょうどいいきっかけだったということか。だとしても、あまりにも出来すぎてるな」

暗に、事故すらも仕組んでいたのではないか、という疑いを込めて池垣を見る。

「ええ、そうでしょうね。あの事故も仕組まれていたのですから」

淡々と述べる彼に、ゾッとする。一歩間違えれば……と考える俺がおかしいのかと思うほど、向けられている面持ちは冷静そのものだった。

「……父か？」

恐怖心に押し負けそうになりつつも吐き出せば、池垣が「まさか」と鼻先で笑う。

「いくら社長でも、湊社長が身体的に傷つく方法を取るはずがありません。あの事故を起こしたのは、結城昭義《あきよし》——あなたの叔父ですよ」

「は……？　どういうことだ？」

叔父は旅行事業の取締役だったが、横領が発覚して逮捕されたはずだ。ちょうど俺が事故に遭った頃のことで、俺が入院中に取締役を解任された。

「あの人は横領で……」

「それは表向きの理由です。横領もありましたが、額にしてみればどうということはありません。あの事故を企てたことがわかり、逮捕されたのです。しかし、そんな汚点を世間にさらすわけにはいきませんから」

当然、身内があんな事故を企てたと知れたら、ユウキの評判は地に落ちる。その打撃は、間違いなく横領なんかの比ではない。

「ですから、横領の件をあえて漏らしたのです。もちろん、湊社長が事故に遭ったことはごく一部の人間しか知らず、真実を知っているのはさらに少数です」

恐らく警察に箝口令を敷いて真実が漏れないようにし、マスコミ対策を徹底的に行い、その上で叔父が画策した事故を利用したのだろう。

ハッ、と冷笑が漏れる。指先が冷たくなり、全身に憎しみが渦巻いていった。

「それは大層なことだな。事故を隠蔽しながらもそこに乗じ、俺と美月を引き離すために美月の両親の借金を肩代わりしたのか。あの状況でよくそこまでできたものだ」

「昭義さんは、瞬く間にユウキウェディングを成長させたあなたのことを疎ましく思い、ずっとその実権を奪う機会を窺っていたようです。事故は昭義さんが依頼した者が起こし、社長はそれを利用しただけです」

「……しただけ、だと？　俺だけでなく、美月と子どもの人生まで変えておいて、よくそんな言い方ができるな」

「恨んでいただいて構いません。あの件を処理したときから覚悟は決めていました」

〝恨む〟という言葉が生温く思えるほどの怒りと憎悪が、心を埋め尽くしていく。

池垣は痩せこけて弱々しく見えるのに、顔色ひとつ変えずにいる横顔には秘書だった頃の厳しさが残っている。

「それでどうにかなるものならまだよかったよ。だが、俺はお前と父を許さない。美月と俺の幸せを……一緒に歩むはずだった時間を、奪われたんだ」

水の中にいるときのように息苦しくて、怒りでどうにかなりそうで、憎悪のままに叫び出したくなる。

彼を信頼し、俺をＣＥＯとして育ててくれたことに心から感謝していた。

父とは相容れないところはあったが、仕事の面では尊敬していた。

そのふたりが俺を裏切り、美月と俺の幸せを奪ったのだ……。

「ええ、承知しております。ですから、私はこれが罰だと思っております」

「罰……？」

「こんな姿になった私を見ても気は晴れないでしょうが、モルヒネもほとんど効かなくなった体ですからもう永くはありません。湊社長のお顔を拝見できるのも、きっと今日が最後でしょう。あなたの恨みを買ったまま逝くつもりです」

「っ……ふざけるなっ！」

微笑した池垣を睨みつけ、震えるこぶしに力を込める。

「これが罰だと？　こんなもの、美月の苦しみや苦労に比べれば生温い……!!　お前の罪がこの程度で消えると思うなよ！」

なにをどうしたって、失った日々は取り戻せない。記憶がなかった時間はもう戻ることはなく、凄惨に奪われた過去が変わることはない。

ここで彼を罵倒しようとも、ボロボロになるまで殴ろうとも……。

そもそも、事故を企てたのは叔父であり、そこに乗じた首謀者は父だ。

罵倒して、殴って、ラクになれるのなら、いったいどれだけよかっただろうか。

それでも、俺は――俺を支えてくれていた池垣を恨み切れない気がした。

「お前のことは許せない」

そう吐きながらも、思い出すのは彼とともに歩んだ一年間のことばかり。

「お前に本当に罪の意識があるのなら……俺が美月と翼と幸せになるのを見届けろ」

甘ったれた言葉を紡いだあとで、バカみたいだな……と自嘲した。

以前までの俺なら、もっと徹底的に糾弾しただろう。

けれど、未熟だった俺を支えてくれていた池垣にそれができない今の俺は、優しくて愛情深い美月に感化されてしまったに違いない。

なによりも、翼にとって誇れる父親でいたかった。

父親なんて名乗る資格はないのかもしれない。

それでも俺は、翼の父親として恥じない人間でありたかったのだ。

「社長と湊社長は、外見も中身も似ていると思っていました。しかし、あなたは……お父様には似ておられませんね」

池垣の声が震えている気がしたのは、気のせいだっただろうか。

「……ここへはもう来ない」

「その方がよろしいでしょう。あなたにとっても、私にとっても……」

俺を見る目がそっと緩められる。

切なげに見えたそこに後悔が滲んでいると思うのは、都合のいい解釈だろう。

それはわかっているのに、最後まで池垣を憎み切れない自身の甘さを痛感し、彼の姿を目に焼きつけてから緩和ケアセンターを後にした。

＊　＊　＊

翌日の夜。

「――っ……そんな……」

美月に昨日の一部始終を話すと、彼女が言葉を失くした。

二重瞼の瞳がさらに大きく見開かれ、いっそう存在感を増す。

俺の家に来たことで高揚したのか、なかなか眠らなかった翼は、ついさきほど就寝したばかり。俺たちはいつも通り寝室を抜け出し、リビングのソファで並んでいた。

「ごめん……。全部、俺のせいだ」

結局のところ、順序を間違えた俺の責任は大きい。

正直、父や池垣への恨みは一生かけても消せないほどある。

一方で、もともとは俺が父の意向を無視したせいでこうなったのも否めない。

ふたりの行動は正気の沙汰とは思えないものの、俺がもっとしっかりしていればここまでひどいことにはならなかったはずだ。

「それは違うよ、湊さん」

ため息をついたとき、美月が俺の手に自身の手をそっと重ね、優しく握った。

「事故も、お互いに記憶がなくなったことも、どうしようもなかったんだよ」

「美月……」

「もちろん、思うことはたくさんあるし、後悔も抱え切れないくらいあるけど……。少なくとも湊さんのせいじゃない。それだけははっきり言えるよ」

俺を見つめる彼女の眼差しは、どこまでも真っ直ぐだった。

美月は、こんなにも強い女性だっただろうか。

俺の知る彼女は、外見も中身もどこかあどけなくて。芯がある反面、無邪気で目が離せなくて。あの頃は、手を引いてあげなければいけない存在のように思えていた。

「だから、湊さんだけが責任を感じたりしないで。私もそんな風に思うことはあるけど、湊さんだって同じ気持ちでいてくれるでしょ？」

けれど今は、美月の強さに救われている。

「ありがとう」

微笑を向ける俺に、彼女が瞳を緩めて首を横に振る。

細く小さな手をギュッと握り返したあと、息を深く吐いた。

「父と話そうと思う。父がしたことは許せないが、それでも向き合わないわけにはいかないから」

「そうだね……」

真剣な面持ちの美月が、大きく頷く。次いで、繋いでいる手に力を込めた。

「私も傍にいていい？」

「え？」

じっと見つめられて、言葉に詰まる。

本来なら、美月を矢面に立たせるようなことはしたくない。

彼女と翼を守るためにも、少なくとも今はまだふたりと父を会わせたくなかった。

そんな俺の思いに反し、美月からは強い意志が伝わってきた。

「……わかった。美月が望むならそうしよう。でも、本当にいいのか？　きっと、美月が思う以上にひどいことを言われ――」

「いいの。それでも、湊さんの隣にいたいから」

笑みを浮かべる彼女の決心は、もう揺るがないだろう。

それを察し、相槌を打つように二度首を縦に振った。

「じゃあ、その前にここに引っ越してきてほしい。父と話す以上、できるだけ傍にいてほしいんだ。そのためには翼の気持ちを無視することになるが……」

「大丈夫だよ。翼にはちゃんと話すから。すぐには理解できないかもしれないけど、できるだけ翼の負担がないように頑張るから心配しないで」

「違うよ、美月。それは美月ひとりが頑張ることじゃない。俺も一緒に頑張るんだ。だって、俺たちは家族なんだから」

「湊さん……。うん、そうだね」

微笑み合い、握った手を結び直すように指を絡める。

「こんな形で申し訳ないが、できるだけ早く籍を入れよう」

「申し訳ないなんて言わないで。だって、素敵なプロポーズも指輪もあの日にもらったから。私にとって、あのプロポーズは今でも有効だよ」

瞳をたわませる美月が、柔らかな笑みを零す。

「それに、ふたつも指輪をもらっちゃったしね」

彼女は左手の甲を俺に向け、ネックレスを右手で持ち上げるようにした。

ネックレスについているのは、薬指に収まっているものと同じ指輪だ。

ふたつの輝きが、まるで四年前の誓いを思い出させるようだった。

「今度こそ幸せにする。なにに代えても、美月と翼を守るよ」

「……っ」

刹那、美月が泣きそうな顔で微笑んだ。喜びに満ちながらも、様々な感情をこらえるような彼女の表情は、息を呑むほどに美しい。

思考が働くよりも早くその頬に手を添え、言葉もなく唇を奪った。

そっと触れるだけではちっとも足りなくて、何度も何度もくちづけを繰り返す。

そのうちに柔らかな唇を割り開き、熱を持った小さな舌を捕らえた。

舌を搦め、呼吸を奪い尽くすようなキスをすれば、美月が吐息を漏らす。

彼女の唇を貪るさなか、脳内で理性がぐらりと揺らぐ音がした。

甘やかで艶めいた雰囲気に包まれ、このまま美月を抱いてしまおうかと考える。

悩んだのはほんのわずかな時間のことで、次の瞬間には欲するままに彼女のルームウェアの裾から手を入れて、下腹部にするりと触れた。

滑らかな肌の感触に背筋が静かに粟立ち、体の芯に獰猛な熱が灯る。

「ままぁ……おしっこぉ……」

直後、背後から甘えた声が届き、ふたりして反射的に振り返った。

「ッ!? 翼、起きちゃったの!?」

わたわたと服を整えた美月が、俺を押しのけるようにして翼のもとに飛んでいく。

「おトイレ、ママと行こうね！　ほら、抱っこしてあげるから！」

「ママとみなとくん、またつーくんにないしょであそんでたでしょ」

「べ、別に遊んでたわけじゃ……！」

動揺を隠せない美月の姿に、肩が震えそうになる。

俺が笑いをこらえていると、彼女が真っ赤な顔で恨めしげに見てきた。

そんな美月があまりにも可愛くて、思わず噴き出してしまう。すると、俺が熱を持て余しているなんて知らないであろう彼女が、不服そうに眉間にしわを寄せた。

「ママ、もれちゃう！」

「えぇっ!? 待って！　もうちょっとだけ我慢して！　ねんねのオムツはしてるけど、おトイレまで頑張ろう？」

美月も翼も、愛おしくて仕方がない。

大切なふたつの存在を守るためなら、どんな試練でも乗り越えてみせる。

ひとり密かに決意した俺は、ソファから腰を上げてふたりを追った――。

四章　君だけは離さない

一、大切なものを守る決意

湊さんの家に引っ越してきたのは、八月の第一土曜日のことだった。

すべての荷物を纏める余裕はないまま、取り急ぎ必要なものだけを準備し、残った荷物は後日業者を手配することになっている。

彼の家に住むことになった……と翼に説明したとき、それはそれは大喜びしていたけれど、どこまで理解できているのかはわからない。

ただ、なんとなく今までと違うことは察しているようだった。

「みなとくん、おそいねぇ」

「お仕事が終わらないのかもしれないね。お腹空いたなら先に食べる？」

「ううん。みなとくんといっしょにたべる」

テーブルに並ぶ夕食を前に、翼は迷うことなく笑顔を見せる。

お腹が空いているはずなのに、それだけ湊さんの帰宅が待ち遠しいのだろう。

「ねぇ、翼。湊さんがパパだったらどう思う？」

少し悩んだ末、これまであえて訊かずにいたことを口にすれば、翼がきょとんとしたあとで、みるみるうちに瞳を輝かせた。

「うれしい！　みなとくん、だいすきだもん！」

「うん、そうだよね」

「あのね、つーくんとみなとくん、いっぱいにてるの！」

「どんなところが似てるの？」

「えっとね……サッカーがすきなところでしょ、ミニカーがすきなところでしょ。どうぶつがすきなところと……」

指折り答える翼に、クスッと笑ってしまう。サッカーもミニカーも動物も、もちろん彼は嫌いなわけじゃないけれど、翼に合わせたものばかりだ。

「あとねー、みなとくん、つーくんのこともだいすきなんだって！」

興奮し始めた翼は、自慢げに胸を張る。それから、ハッとしたような顔になった。

「あっ、いちばんはママがだいすきなことだった！」

「え？」

「おふろでね、つーくんがママだいすきっていったら、みなとくんが『おれもつばさくんのママがだいすきだよ』っていってたの！　ねっ、にてるでしょ？」

誇らしそうに笑う翼に、胸がきゅうっと締めつけられる。

嬉しくて幸せで、笑顔でいたいのに涙が込み上げてきそうだった。

「翼、湊さんとお風呂でたくさんお話してるんだね」

「うん！　あっ……ママがだいすきなのは、おとこどうしのひみつだった！　ママ、みなとくんにないしょにしてね？　つーくんがおはなししたの、いわないでね！」

急に慌て出した翼に頷き、「秘密にするね」と約束する。

すると、翼がホッとしたように笑い、程なくして私の顔をじっと見つめてきた。

「みなとくん、つーくんのパパになる？」

「うん。湊さんが帰ってきたら、パパって呼んであげてくれるかな？」

「うんっ！」

満面の笑みになった翼は、「じょうずにいえるかな？」と心配そうにしつつもソワソワし、湊さんが帰ってくるのを待ち構えていた。

彼が帰宅したのはそれから三十分後のこと。

玄関のドアが開く音がした直後、翼が緊張をわずかに覗かせながら玄関に走った。

「翼くん、ただい――」

「パパ！　おかえり！」

飛びついた翼を受け止めた湊さんが瞠目し、意表を突かれた表情で私を見る。

私は笑みを浮かべ、小さく頷いた。

刹那、彼の眉が下がり、まるで涙をこらえるように唇を引き結んだ。

「ただいま、翼」

翼を抱きしめた湊さんの返事に、翼がどこか照れくさそうに笑う。

「ふふっ……みなとくん、つーくんのパパかぁ」

「うん、そうだよ……。これからはずっと、三人で一緒にいよう」

顔を上げた彼が私を見つめ、優しい笑みを纏う。

その瞳には、うっすらと涙が浮かんでいた。

四年の時を経て、私たちはようやく家族になれた。

そんな気持ちでいっぱいになった私は、込み上げてくる涙を隠すことなく翼を後ろから抱きしめる。

すると、湊さんが左手で翼を抱きしめたまま、もう片方の手を私の背中に回した。

彼の温もりと翼の体温に、笑顔と涙が同時に零れる。

「うぅ……くるしいよぉ……！　つぶれちゃうー！」

ぷはっと大袈裟に息を吐いた翼に、湊さんと顔を見合わせて噴き出してしまう。

幸福感に包まれた私たちは、家族が揃った家で笑い合っていた――。


いつものようにベッドで眠った翼を寝室に残し、リビングに移動した。

『パパ』と連呼していた翼と同様に、湊さんもずっと嬉しそうにしていたけれど。

「父と会える日が決まった。来週の金曜の夜に、店を押さえてある」

幸せに浸るのもそこそこに、彼は真剣な面持ちになった。

「そのことなんだけど……私の両親にも同席してもらわない？　どうせなら、全員から話を聞いた方がいいと思って……」

「それは……。でも、美月はいいのか？」

両親とは、あれから会っていない。

まだ心の整理がつかなくて、電話やメッセージには反応せず、あの数日後に自宅に来られたときは玄関先で追い返してしまった。

正直、会いたくない気持ちもあるけれど、このままでいいとも思えない。

「ちゃんと話し合うべきだと思って……。それに、私の気持ちはともかく、翼にとっては大好きなじぃじとばぁばだから……」

湊さんは複雑そうにしつつも、「そうだな」と頷いた。

「ねぇ、湊さん。両親たちは、もし翼に会ってもなにも思わないのかな……。私の両親はもちろん、湊さんのご両親も……」

「……だったら、いっそのことうちに来てもらおうか」

「え？」

「俺も……正直、美月と翼を会わせたくない気持ちはある。でも、美月の言うことにも共感できるんだ。恐らく、俺の父は考え方を変えないだろうけど……」

眉を顰める彼を見て、きっと本当にそうなのだろう……とは思う。

けれど……だからこそ、自分たちがしたことの凄惨さに気づいてほしいという思いが拭えなくなった。

翼を大人の事情に巻き込みたくない反面、気持ちが固まっていく。

「……そうしよう。翼と会わせることが正しいのかはわからないけど……翼のことは私たちで守れるよね？」

「ああ、もちろんだ」

湊さんが私の手を取り、力強く握りしめてくれる。

私はすぐさま彼の手を握り返したあと、不安を抱えながらも大きく頷いた。

＊　＊　＊

翌週の金曜日の夜。

翼の夕食を早めに済ませて湊さんを待っていると、先に私の両親がやってきた。

「美月……」

「久しぶりね……。元気そうでよかったわ……」

「……翼も私もちゃんと元気にしてるから心配しないで。お店は大丈夫なの？」

「ああ……。今日は夕方で閉めたんだ。たまにはいいだろうと思って……」

「あれ？　じぃじとばぁば！　どうしたの？　つーくんにあいにきたの？」

リビングから出てきた翼を見て、気まずそうだった両親の表情が曇る。

無邪気な翼を前にすると罪悪感があるのか、ふたりとも曖昧な笑顔を返していた。

玄関先で動けずにいる間に、彼がご両親と一緒に帰宅した。

「パパ、おかえり！」

湊さんの姿を見た瞬間、翼が嬉しそうに飛びついたけれど、知らない男性と女性がいることに気づいて顔を強張らせた。

「ただいま、翼」

翼を抱き上げた彼を見ていた男性が、この上ないほどの嫌悪感をあらわにする。隣に立つ女性は、大きくて美しい二重瞼の目を真ん丸にしていた。

「……湊、これはどういうことだ？」

「紹介するよ。父さんはよく知ってると思うけど、彼女は俺の婚約者の高梨美月さんです。そして、この子は俺の息子の翼。この春に三歳になったばかりだ」

「はじめま――」

「質問の答えになっていないな。私は『どういうことだ？』と訊いているんだ」

湊さんのお父様は、頭を下げようとした私の挨拶を遮って湊さんを見た。

私にも翼にも、一切目を向けようともしない。

「パパ、このひとだれ……？　おきゃくさん……？」

「うん、そうだよ。翼、ママとあっちの部屋に行っておいで」

「うん……」

翼を抱っこして、「テレビでも観ようか？」と明るく振る舞い、寝室に向かう。

「ママもいっしょにみよ？」

「ママね、あっちでお話しないといけないの。またあとで来るから、ひとりで観ててくれる？　お客さんが帰ったらパパとも遊ぼう。いいかな？」

「……はやくきてくれる？」

「うん。今日はいちごのアイスがあるから、お風呂に入ってから食べようね」

翼は小さく頷くと、「はやくきてね」と念押しした。私は「うん」と返事をして翼をベッドに乗せ、配信サービスから翼の好きなアニメをセットする。

ひとりで待たせるのは気がかりだったけれど、お気に入りのアニメだけあって翼は三分も経たずに画面に夢中になってくれた。


リビングに行くと、湊さんがコーヒーを準備しているところだった。

翼が大丈夫そうであることを伝え、彼とともに両親たちのもとに移動する。

湊さんのご両親はソファに、私の両親はローテーブルを挟んだ向かい側のラグの上に座っていて、私たちは両家の両親たちの間に腰を下ろした。

しんと静まり返った空気は重く、誰ひとり口を開こうとはしない。

「この状況がどういうことか、おわかりいただけますね」

やがて、湊さんが口火を切った。

彼の声音には静かな怒りがこもり、この場の空気がいっそう張り詰めた。

「……つまり、お前は記憶が戻り、また同じ轍を踏んだということか」

不本意そうにため息をついた湊さんのお父様は、彼とよく似ていた。

切れ長の二重瞼の瞳と高い鼻梁のあたりは、特にそっくりだと思った。ただ、私に目もくれない横顔はひどく冷淡で、湊さんのような優しい雰囲気はない。

「先に言っておくけど、彼女とは記憶が戻る前に再会して、お互いのことは知らないまま付き合ったんだ。記憶が戻ったのはそのあとだった」

一方で、お母様は一見すると温和そうな顔立ちで、少し垂れた目元や艶のある唇からは上品さが漂い、しゃんと伸ばされた背筋のせいか艶麗さもある。

隣にいる彼は、ご両親の長所を受け継いだように見えた。

「それで？　お前のつまらん恋路の邪魔をした私を糾弾するつもりか？」

「糾弾……？　そんな生温い話じゃ済まないだろ？」

嘲笑を浮かべたお父様に、湊さんが眉をグッと寄せる。

怒気を滲ませる彼は、お父様に鋭い視線を投げた。

「あの子は俺と血の繋がった息子だ。父さんの暴虐のせいで、美月は記憶がないままひとりで産み、父親がわからない中で必死に育ててきたんだ！　それがどういうことなのか、まさかわからないわけじゃないだろ！」

湊さんらしくない言葉遣いが、彼の中で渦巻く憎悪を色濃く映している。

「だからなんだと言うんだ」

「は……？」

言葉を失くした湊さんの隣で、私は背筋がゾッとした。

お父様は罪悪感なんて微塵もないようで、表情が変わらない。その面持ちはまさに冷酷そのもので、血の通わないような反応を前に恐怖心に包まれた。

「父さんのしたことは取り返しがつかないほどにむごい……。美月から俺を、翼から父親を、そして俺からふたりを奪ったんだ。それでも、なんとも思わないのか？」

怒りを噛み殺しているのか、湊さんのこぶしが震えている。

けれど、お父様は眉を顰めて「なにを言っているんだ」と鼻で笑った。

「そもそも、すべてはお前のためだった。借金を抱えた両親がいる娘なんぞと結婚しなくても、お前には山ほど縁談があった。もし縁談を受けなくても、こんな娘よりもマシな女は腐るほどいる。だいたい、あれだって本当にお前の子なのか？」

「俺の大切な人を侮辱しないでくれ」

あまりにも冷徹な態度に、涙が込み上げてくる。自分が侮辱されたことよりも、翼を〝あれ〟呼ばわりされたことの方がずっと腹立たしい。

湊さんがすぐに言い返してくれたことは救いだけれど、お父様にとっては私が目障りで仕方がないのだろう。

「ところで、高梨さん。あのとき、『約束を守っていただけないときには覚悟してください』とお伝えしておいたはずですが？」

「そ、それは……」

「さっきも言ったが、俺と美月が再会したのは偶然で、記憶が戻ったのは付き合ったあとのことだ。なにより、事の発端は父さんが起こしたことだろ！」

私の両親を見遣ったお父様に、湊さんが言い募る。

「あのまま記憶が戻っていなかったらと思うとゾッとする。俺はなにも知らずに過ごして、美月とも翼とも一生会えないままだったかもしれない。それなのに……父さんには罪悪感の欠片もないんだとわかって幻滅したよ……」

彼の瞳が微かに翳る。

実の親にこんなことをされていたと知れば、怒りや憎悪を抱くのはもちろん、なによりも傷つくのは当然だ。私がそうだったように……。

「あなたは厳しくて、お世辞にも温かい家庭だったわけじゃないが、仕事の面では心から尊敬してた。でも、これまでにもこんな風に汚い手を使ってきたのかもしれないと思うと、そんな気持ちはもうない」

今まで表情を変えなかったお父様が、眉をピクリと動かした。

「なにを甘いことを言っているんだ。事故に乗じたのも、すべてはユウキのためだ。お前も人の上に立つ以上はこんなことで動じるな」

ところが、お父様はそれでも動じず、その言動はどこまでも一貫している。

「どうしても相容れないんだとわかったよ……」

とうとう湊さんがため息を零し、次いで意を決したように真剣な表情に戻った。

「俺は美月と結婚するよ。誰にも文句は言わせない」

「バカを言うな！　お前にはもっと利益のある結婚を用意する！　ユウキウェディングのCEOにふさわしい――」

「CEOは解任していただいて構いません」

大声を上げたお父様の言葉を、湊さんが静かに遮った。

途端、お父様の顔色が変わり、みるみるうちに動揺をあらわにした。

予想だにしなかった湊さんの決心を聞き、私は目を真ん丸にして彼を見たけれど。

「もし解任できないのであれば辞任します」

その瞳は揺るぎなく、意志は強いというのがひしひしと伝わってきた。

「なっ……!?　なにを血迷っている！」

「俺は正気だよ、父さん。ＣＥＯの代わりなら、別にいくらでもいる。だが、美月と翼にとって俺の代わりはいない。それは俺にとっても同じなんだ」

湊さんは眉を小さく寄せ、「父さんにはわからないだろうけど」と微笑を零す。

「父さんになにを言われようと、俺の意志は変わらない」

悲しげに見える眼差しは、どんな言葉にも囚われないくらいに真っ直ぐだった。

「一番大切なものを守るためなら、地位や肩書きなんていらないんだ」

そして、これだけは譲れないとでも語るように、彼がきっぱりと言い切った。

（……本当にこれでいいの？）

湊さんとずっと一緒にいたい。

翼と三人で生きていきたい。

彼ともそう約束し、その想いにも誓いにも嘘偽りはない。

けれど、湊さんは仕事に心血を注いできた。

昔も今も、彼はいつだってユウキウェディングのために生きていたはずだ。

それを知っているからこそ、本当にこれでいいのかと戸惑い、動揺せずにはいられないのに……。湊さんの気持ちも、彼が私と翼を一番に想ってくれていることも、嬉しいと感じてしまう。

湊さんに今の立場を手放してほしくないという思いも確かにある反面、彼が揺るがないでいてくれることに安堵している私がいる。

(どうしよう……。でも、本当にこれでいいの？　私は、湊さんにそんなことしてほしいわけじゃないのに……)

私と翼を守ろうとしてくれている湊さんを、私だって守りたい。

離れることは考えられないけれど、一緒にいると彼が大切にしていたものを失わなければいけないなんて……。

これで本当にいいのか、わからなくなってしまう。

不安と戸惑いを抱えて湊さんを見上げると、彼は私の視線に気づいたのか顔をこちらに向け、瞳をそっとたわませた。

私はただ、優しい笑みを見つめ返すことしかできなかった。

二、激高を止める声

「……くだらん」

しん、と静まり返っていた部屋に、湊さんのお父様の声が落ちる。

「こんなつまらないことでお前は人生を棒に振る気か」

「どうしてそうなるんだ……。ＣＥＯを辞めることで苦労はしても、それは人生を棒に振ったわけじゃない。大切な人を守るために必要な選択なだけだ」

「世迷い事を……。だが、お前がそこまで言うなら、私は私で手を打つとしよう」

「父さん……」

話し合いは平行線のままで、なにも変わらない。

簡単に事が運ぶとは思っていなかったけれど、ようやくして私を見たお父様の目は憎しみと侮蔑に満ちていた。

その直後、父がラグに手をついて頭を深く下げ、母も同じようにした。

「結城さん……！　お願いがあります！」

土下座したふたりの姿に驚く私を余所に、父の切羽詰まった声が響いた。

「湊さんと美月……ふたりの結婚を認めていただけませんか……!? 私たちは取り返しのつかないことをし、本来なら娘にも孫にも会う資格はありません。ですが……それでも娘と孫の幸せを望んでいます！」

懸命に訴えた父は、持ってきていたバッグを広げると、膨らんだ茶封筒を四つ取り出してローテーブルに置いた。

「これが今の私たちに用意できる精一杯です……。肩代わりしていただいた残りの借金は、どんなことをしてでもお返しします！　今の店も売ります！　ですから……ふたりの結婚を認めていただけませんか！　お願いしますっ！」

正直、両親のことはまだ許せない。

それでも、親心と良心がちゃんと残っていたふたりを見て、本当の意味で最低な人間に成り下がらなかったことに安堵する気持ちはあった。

「今さらそんなことを言われても、あの日の約束はなかったことにはなりませんよ」

「それはわかっています……。ですが……」

「いずれにせよ、あなた方と話をする気はありません。時間の無駄だ」

お父様は、両親に対して見向きもしない。

鋭い視線はすぐに湊さんに向き、彼と対峙するような形になっていた。

「湊。お前がどうするつもりでも、結婚をやめさせる手段などいくらでもある」

「そこまで言うあなただからこそ、俺も容赦なく戦えるよ」

本当にこれでいいのか……と、心の中で自問自答を繰り返す。

私は、湊さんとずっと一緒にいたい。あの頃に想像していたような幸せな家庭を彼とともに築き、翼と三人で生きていきたい。

その気持ちは変わらないけれど、湊さんとお父様にこんな風に仲違いしてほしいわけじゃない。

私たちの中に消化できない憎悪や悲しみがあっても、親と憎み合いたいわけじゃないし、彼にだってそうなってほしくない。

「俺はきっと、父さんを一生許せない」

ただ、私が想像するよりもずっと、湊さんの中にある負の感情は根深いのかもしれない。低く放たれた言葉は、まるで彼を重い鎖で縛りつけているようだった。

「大切なものを奪う理由がユウキのためだったとしても、美月と翼を傷つける人間は誰であっても容赦しない。俺はなにがあってもふたりを守る」

湊さんの想いも、意志も、言葉も、本当に嬉しい。

ただ、それは果たして彼のためになるのか……と考えたとき、これでいいとは思えなかった。

「君はいくら欲しい？」

すると、お父様が私を見据えた。

「え……？」

「父さん！」

困惑する私の隣で、湊さんの声が耳をつんざく。

「君の言い値を出そう。もちろん、君の親のために私が肩代わりした借金も返さなくて構わない。だから、子どもを連れて湊の前から消えてくれ」

「いい加減にしろ！」

それでも、お父様は冷酷に話を続け、彼はとうとう怒声を上げた。

ここまで怒りをあらわにする湊さんを見たのは初めてで、お父様の言葉も呑み込めないままにたじろいでしまう。

「どうしてそんなことが言えるんだ！　父さんがどんな手を使おうと、俺は美月と離れる気はない！　翼だって、俺の子どもなんだ！」

「パパ……っ！」

感情を吐き捨てるような湊さんを止められずにいたとき、廊下の方から翼の声が飛んできた。

ハッとした彼とともに反射的に振り返り、慌ててリビングのドアを開けに行く。

「ママ……パパ……」

ドアの前にいた翼は、不安そうな顔で立っていた。

「パパのこわいおこえがきこえたの……」

「そうか……。ごめん、びっくりさせたね」

湊さんを見上げた翼を、彼が優しく抱き上げる。

「大丈夫だよ。ママたち、お話してただけだからね。翼、ずっとひとりで待っててくれたから、寂しくなっちゃったかな」

「パパもママも、一緒にいてあげられなくてごめん」

翼を安心させるように微笑んだ湊さんは、私に目配せをする。

私は小さく頷き、翼を抱っこしている彼とソファの方へと戻った。

「……みんな、こわいおかおしてる。けんかしたの……?」

「違うよ。ちょっと難しいお話をしてたんだ」

眉を下げる翼に、湊さんがなんでもなさそうに言ってのける。

両親は罪悪感に満ちた目で翼を見つめているのに反し、お父様は相変わらず目を合わせようとはしない。

お母様は、苦々しいような顔つきにも見えたけれど、翼をじっと見ていた。

湊さんにしがみついていた翼は、程なくして私の膝の上に乗ってきた。

「ねぇ、ママ……」

「なぁに?」

「あのおじさんとおばさんはだれ?」

「えっと……そうだな……」

言い淀んだ彼は、どう説明しようか悩んでいるみたい。

眉間にしわを寄せた表情を前にした瞬間、私の中の迷いが消えた。

「あの人たちはね、パパのパパとママだよ」

「パパの……?」

「うん」

はっきりと言い切った私に、湊さんが目を見開く。

そんな彼に微笑み、翼を真っ直ぐ見つめた。

「こんどう亭のじぃじとばぁばと同じで、翼のじぃじとばぁばでもあるの。翼には、じぃじとばぁばがもうひとりずついるんだよ」

「そうだよ。ママの方のじぃじとばぁば、パパの方のじぃじとばぁば。わかる？」

翼がどこまで理解しているのかわからない。

「パパの、じぃじとばぁば……」

それでも、翼なりに一生懸命その意味を噛み砕き、理解しようとしていた。

「つーくんのじぃじ……ばぁば」

湊さんのご両親を見た翼がもう一度呟いたとき、お母様がハッとしたように眉を寄せ、顔を歪めた。そこには、紛れもなく後悔が滲んでいる。

「……どうして私を祖父だと言った？　私が憎いだろう？」

重苦しい雰囲気の中、お父様の声が響く。

冷酷さは弱まり、心なしか私を見る目にあった憎悪や侮蔑も薄れている気がした。

「私の思いだけを言うのなら、今はまだ……本当のことは言いたくありません。恨み辛みなら、抱え切れないほどありますから……」

翼の前でこんなことは言いたくないけれど、それでもなにもかも許容できるほど器が大きな人間にはなれない。

ただ、私にだって母親としての想いや矜持があるのだ。

「ですが、翼に大人の事情は関係ありません。この子から祖父母を奪う権利は、たとえ母親の私であってもないと思っています」

毎日いっぱいいっぱいで、翼とゆっくり向き合えない日もあるし、翼を叱ったあとで自己嫌悪に陥ったことも数え切れない。

「なにより、翼に胸を張れる母親でいたいんです」

叱った以上に抱きしめてきたつもりでも、育児の悩みは尽きない。

自問自答する日々が苦しすぎて、息が上手くできなくなるほどひとりで泣いた夜もある。

「仕事や子育てがつらくて、生きているのも苦しいと思ったこともありますが、そのたびに私はいつも翼の存在に救われてきました。母親としてどんなに未熟でも、翼は私のことを大好きだと言ってくれます」

その上で胸を張って言えるのは、翼は私にとってかけがえのない存在で、なによりも大切な宝物だということ。

「だからせめて、そんな翼の前で嘘をつきたくないですし、愛する我が子が胸を張れない親になりたくないんです」

だからこそ、私は翼に後ろめたいようなことをしたくない。

自慢のママにはなれないかもしれないけれど、人として恥じない人生を歩もう……と、翼が生まれたときに決めたから。

お父様は、私の話に相槌を打つでも反応を見せるわけでもなかったものの、視線を逸らさず、口を挟むこともなかった。

沈黙を貫かれてどうすればいいのかわからずにいると、湊さんが息を深く吐いた。

「父さんのことは許せないけど、感謝もしてる……。でも、俺にはこの子の親としての責任はもちろん、愛情だってあるんだ」

彼の声音は落ち着いていて、怒りや憎悪は見えない。

「だから、理解してもらえなくても――」

ところが、お父様は湊さんの話の途中で立ち上がり、私たちを一瞥することもなくドアの方に向かった。

「あなた……！　待ってください！　本当にこれでいいんですか？」

それを引き止めたのは、突然のことに反応が遅れた彼と私ではなく、ソファから腰を上げたお母様だった。

お父様がゆっくりと振り返り、ふたりが見つめ合う。

「結城家の妻として、私はこれまであなたのやり方に従うのが正しいと思っていました。だから、湊には縁談を受けるように言い、政略結婚にも賛成していました」

お母様の声は凛とし、それでいて後悔や罪悪感を滲ませている。

「でも今は……母親として、湊と美月さんの気持ちを無下にすることが正しいとは思えません。……なにより、ふたりの子どもだっているんですよ」

ただ、眉間にしわを寄せたお父様の表情は変わらず、たった一言「行くぞ」と呟いただけだった。

これがお父様の答えだということなのだろう。

振り返ることもなく去っていく背中が、そう物語っていた。

私はなにも言えなくて、湊さんも顔をしかめてため息をついた。

お母様は、彼と私と翼を気にするようなそぶりを見せつつも、お父様の後を追うようにリビングから出ていってしまった。

そのまま水を打ったように静かになると、翼が不安そうに湊さんと私を見た。

「パパのじぃじとばぁば、つーくんがきらい?」

「そんなことないよ」

「でも、こわいおかおしてた。おはなしもしてくれなかったよ……」

すぐに否定してくれた彼の言葉に、翼は納得できないようだった。

三歳の子どもとはいえ、大人たちの態度に色々と思うところがあったのだろう。

「今日は初めて会ったから、きっと恥ずかしかったんだよ。今度会えたときには、翼から笑顔でご挨拶してみようね」

少し考えるような顔をしていた翼が、眉を下げながらも「うん……」と頷いた。

湊さんと顔を見合わせ、ひとまず胸を撫で下ろす。

こんな風に言ってしまっていいのかわからなかったけれど、今はこういう言い方しかできなかった。

「美月……」

そんな私たちを見守るようにしていた父が、頭を深々と下げた。

「本当にすまなかった。今さら謝っても遅いのはわかってるが、お父さんたちはお前のためだと思ってたんだ。でも、それは言い訳でしかなかった……。許してもらえなくて当たり前だが、お前たちに幸せになってほしい気持ちは本心なんだ……」

「翼の前でやめて……」

父の謝罪を、今はまだ受け入れられない。簡単に許せるようなことじゃないから。

それでも、真実を打ち明けられたときに抱いたほどの憎悪はもうなくて。両親を大切に思っていた心が、あの日のまま憎ませ続けてはくれない。

「ごめん……。今夜はもう帰って」

「……ああ、そうだな。なにかあれば、いつでも連絡してくれ」

「結城さん……。図々しいお願いですが、美月と翼をよろしくお願いします」

「はい。今日は来てくださってありがとうございました」

どこか他人行儀な大人たちを見ていた翼が、「かえるの？」と両親を見上げる。

「うん、またね。翼、ママの言うことをちゃんと聞くのよ」

「うん……。ばぁば、またあそんでね。じぃじ、こんどハンバーグつくってね」

「もちろんだ。とびきりおいしいハンバーグ作ってあげるからな」

罪悪感と後悔を滲ませる両親は、翼に笑顔で約束してくれた。

翼は嬉しそうに笑うと、「ばいばい」と手を振っていた。

湊さんと翼と一緒に両親を見送ると、なんだか緊張の糸が切れたように脱力し、無意識のうちに大きなため息をついていた。

「俺、翼とお風呂に入ってくるよ。そろそろ眠くなるだろうし」

「うん。じゃあ、お願いしてもいいかな。リビングは片付けておくね」

「翼、一緒にお風呂に入るよ」

彼の誘いに「うん！」と頷いた翼は、ようやくして不安が解けたのか、いつもの笑顔を取り戻してくれた。

色々と考えると心は沈んでしまいそうだったけれど、まずは自分たちの意思表示ができただけでもよかった……と思うしかない。

不安も悩みも尽きない中、バスルームからときおり聞こえてくる翼の明るい笑い声に心が癒され、落ちていた気分がほんの少しだけ浮上していった。


翼を寝かしつけたあと、いつも通りリビングに移動した。

すっかり日課になったこの時間だけれど、今夜の私たちを包む空気は重い。

「ねぇ、湊さん。……本当にCEOを辞めるつもりなの？」

「引き継ぎなんかもあるから、今すぐってわけにはいかないが……」

触れるべきか迷いながらも早々に切り出せば、湊さんがなんでもないことのように微笑み、控えめに前置きしつつも小さく頷いた。

「大丈夫だよ。俺なりにちゃんと考えてるし、なにがあっても美月と翼を路頭に迷わせるようなことはしないから」

「そんな心配はしてないよ」

間髪を容れずに言い切れば、彼が苦笑を零す。

「ごめん、そういう意味じゃない。美月の気持ちはわかってるよ」

路頭に迷う心配なんてしていないし、湊さんと一緒にいられるのなら広い部屋や贅沢な暮らしなんて望まない。

私が一番欲しいのは、彼と翼と三人で生きていく未来なのだから……。

湊さんとずっと一緒にいられるのなら、小さなアパート暮らしでも少しくらい生活が大変でも構わない。

彼が傍にいてくれ、翼に不自由をさせずに済むのなら、いくらだって頑張れる。

私が心配しているのはそういうことじゃなくて、湊さんが今まで積み上げてきたものを本当に失ってしまってもいいのか……ということ。

ただ、彼の覚悟が半端なものではないことくらい、私にだってわかっている。

「とにかく、美月はなにも心配しないで。ただ、ひとつだけ約束してほしい」

「約束？」

小首を傾げた私に、湊さんがゆっくりと頷く。

次いで、彼は私の瞳を見据え、真剣で揺るぎのない眼差しの中に私を映した。

「なにがあっても、周囲にどれだけ反対されても、絶対に俺の傍から離れないで」

力強い声音が、私の鼓膜をくすぐって心を捕らえる。

そんな約束をしなくても、私はもう湊さんから離れる気はない。

だから、数秒もせずに大きく頷いてみせた。

「うん。絶対に離れないよ」

そもそも、彼のご両親に反対されていることは四年前にもわかっていた。

向き合うのが遅くなったけれど、その間に母親になった私は、翼のおかげできっと少しは強くなれたはず。

どんな困難にも負けないと誓うように湊さんの手を握れば、彼は私の手を包み直すようにして優しく握ってくれた。

静寂が訪れたのは、その一秒後。

私たちは、まるでお互いに引き寄せられるように顔を近づけると、言葉よりも雄弁なキスをそっと交わした——。

三、〝復讐〟

八月も慌ただしく過ぎていき、三週目が終わろうとしていた。

土曜日の今日は、珍しく湊さんが丸一日ゆっくりできる日で、朝から水族館に連れて行ってくれた。

彼はプールや動物園、ショッピングモールやミニカー展など色々と候補に挙げてくれたけれど、翼が『すいぞくかんがいい！』とリクエストしたのだ。

湊さんと初めて行った水族館が、よほど気に入ったみたい。翼は、今日も同じ場所を訪れることを楽しみにし、水族館に着いてからは大はしゃぎしていた。

嬉しそうな翼を見ていると、彼と三人でここに来た日のことが鮮明に蘇ってくる。

あのときの私たちは、お互いに記憶の一部がなく、まだ付き合ってもいなかった。

けれど、翼に笑いかける湊さんを見て、彼に惹かれていく心を止められなかった。

たとえばもし……私たちがお互いを忘れていたことが運命の悪戯や神様の意地悪だったとしても、私たちはまた巡り会い、そしてもう一度惹かれ合った。

これを運命だと思うのは、少し夢見がちだろうか。

「ママ、パパ！　ここ、ペンギンさんのところでしょ！」

そんなことを考えている私の手を、翼が引っ張ってきた。

「本当だ！　可愛いね」

笑みを浮かべる私の足元で、翼がぴょんぴょんと跳ねる。

「つーくん、ちゃんとみえない！　パパ、かたぐるまして！」

「いいよ。おいで」

湊さんに肩車をしてもらった翼は、開けた視界に満悦そうにし、キラキラとした瞳でペンギンの水槽に見入っている。

彼と一緒に暮らし始めて半月。

翼は意外にもすぐに順応したどころか、最近では湊さんに素直に甘え、彼に対してわがままも言うようになった。

以前まで、湊さんには『～しよう』だった話し方が『～して』と変わったのも、きっと翼なりに彼を信頼し、父親だと認めているからだろう。

わがままなのがいいか悪いかは別としても、湊さんに甘えている姿を見るのは嬉しいし、それだけ心を許しているのだというのもわかる。

母親として胸がいっぱいになっている私以上に、きっと彼の喜びは大きいはず。

「ペンギンさんのぬいぐるみ、ほしいなぁ」

「じゃあ、あとで買いに行こうか」

「ダメだよ、翼。前にペンちゃんを買ってもらったでしょ」

目下の悩みの種は、湊さんが翼を甘やかすことくらい。

私がすぐにふたりを制すると、残念そうな表情がふたつ返ってきた。

彼と翼の顔があまりにもそっくりで、つい噴き出してしまいそうになる。

「ペンちゃん、おともだちほしいとおもう！」

「ライオンさんがいるし、わんちゃんも猫ちゃんも持ってるでしょ」

「でも、えっと……うみのおともだちがいない！　ペンちゃん、かわいそうだもん」

あの手この手の言い訳で、翼はなんとかぬいぐるみを手に入れようとしてくるけれど、ここで簡単に甘やかすわけにはいかない。

「翼のぬいぐるみは、みんなお友達のはずだよ。いつも一緒で仲良しでしょ？」

「うーん……なかよしだけど……。あっ！　じゃあ、かぞくにするの！」

「え？」

「つーくんと、ママと、パパといっしょ！　ペンちゃんのかぞく！」

断固としてダメだと言い切るつもりだったのに、にこにこと笑う翼の可愛さにたじろいでしまったとき。

「美月の負け、かな？」

湊さんがクスッと笑い、瞳を緩めて私に耳打ちしてきた。

「家の中がぬいぐるみだらけになるよ……」

男子ふたりに弱い私は、まんまと白旗を揚げてしまう。

そのあとは他の水槽やイルカショーを楽しみ、最後に寄ったお土産コーナーでは翼の望み通り彼がペンギンのぬいぐるみを購入した。

「……湊さん、どうしてふたつも買ったの？」

「家族なら三羽かなって」

「え？」

「パパがね、ペンちゃんはつーくんで、こっちとこっちはパパとママだって！」

両手でペンギンのぬいぐるみをふたつ抱きしめて破顔する翼と、幸せそうに微笑む湊さんを見て、たしなめるつもりだった言葉が溶けてしまう。

「もう……」

そんな風に言いつつ、私からもうっかり笑みが漏れる。

三羽並ぶペンギンのぬいぐるみを想像すると、本当に私たちみたいに思えた。

＊＊＊

暦は八月末。

まだまだ夏の暑さを感じる中、私と翼はここでの生活にすっかり慣れた。

翼は毎日楽しそうに保育園に通い、夜は湊さんの帰宅を心待ちにしている。

私は職場も翼の保育園も少し遠くなった分、多少の負担はあるけれど……。なによりも、彼と一緒に過ごせることが嬉しくて、それ以上の幸せに包まれていた。

とはいえ、湊さんの今後について考えると、どうしても明るく受け止められない。

彼との約束通り、なにがあっても私たちが離れることは考えられないし、どんな困難が待ち受けていようとも二度と別々の人生を歩む気はない。

ただ、湊さんは大企業の御曹司でCEOでもあり、会社にとっても必要な人物のはず。私との結婚で彼にそれらを捨てさせてもいいのか……と思ってしまうのだ。

もっとも、湊さんは本気のようで、私の不安を見透かすように何度も『大丈夫だから』と言ってくれるけれど……。色々なことを考えれば考えるほど、そんな彼に甘えてはいけない気がして仕方がなかった。

「甘えていいと思うよ」

そうした悩みを打ち明けた私に、遊びに来てくれた理沙は笑顔で言い切った。

「結城さんの言う通り、美月はなにも気に病む必要はないよ。今まで離れ離れだった分、美月も翼もたくさん幸せにならなきゃいけないんだから」

「でも……」

「別に、今までが不幸だったって意味じゃないよ。でも、つらいことも苦しいこともたくさんあったし、なによりも一緒にいるはずだった時間を失ったわけじゃない？だからこそ、今は三人でいることを一番に考えなよ」

「理沙……」

「私も、美月と翼には幸せになってほしいしね」

まだ本当にこれでいいのかはわからないけれど、小さく頷く。「ありがとう」と微笑めば、彼女も笑みを浮かべた。

「りさちゃん、つーくんとあそぶ？」

「よし、遊ぼう！　なにする？」

「サッカー！　つーくん、じょうずにできるよ！」

湊さんに教えてもらったおかげで、翼は最近ようやくボールを上手く蹴れるようになってきた。

それを得意げに自慢し、理沙を庭へと引っ張っていく。

「理沙ちゃん、サッカーできないんだけど教えてくれる？」

「いいよ！　あのね、ボールをキックするの！」

ありのままの説明をする翼に、彼女と噴き出してしまう。

穏やかな日曜日の午後は、彼がいない寂しさをわずかに感じさせながらも、ゆっくりと過ぎていった。


十七時頃に理沙が帰ったあと、翼はミニカーに夢中になっていた。

その間に夕食の支度に取りかかろうとしたとき、スマホが鳴った。

てっきり湊さんからだと思ったけれど、ディスプレイに表示されているのは知らない番号で、わずかにためらったあとで通話ボタンをタップする。

「もしもし？」

『……結城だ』

「え？　……っ、お父様……!?」

相手がわかった瞬間、心臓が縮こまるような緊張感を抱き、背筋がヒヤリとした。

『君にそう呼ばれる筋合いはないが、手短に用件を話す。ふたりだけで話がしたい』

相変わらず冷酷な厳しさが溢れる口調には、侮蔑と嫌悪感が覗いている。

いい話じゃないことは明白だったけれど、逃げるわけにはいかない。

息を小さく吐き、おもむろに口を開いた。

「水曜日の夕方でしたら……。仕事が終わったあと、翼の保育園に迎えに行くまでにはなりますが、少し時間が取れます」

『君と長話をする気はない。それで充分だ』

湊さんのお父様は、ユウキの本社から程近い店を指定すると、こちらの返事も待たずに電話を切ってしまった。

自然と息を吐いた私は、キッチンの一角で脱力したように座り込む。

（……なにを言われるのかなんて、考えるまでもないよね）

おおよそ、私の想像通りだろう。

理沙がいたときの明るい空気は消え、手のひらや肌は緊張と不安で汗ばんでいる。

「ママ！　きょうはパパとおふろはいれる？」

それでも、私はこれくらいで負けるわけにはいかない。

「うん。パパ、今日は早く帰れるって言ってたよ」

翼の笑顔を、そして湊さんと私の想いを守るためにも、彼のお父様と向き合う必要があるのだ――。

水曜日まではあっという間で、この三日間は必死に仕事をこなすことで不安と緊張を紛らわせていた。

お父様に指定された店は、老舗の料亭だった。

女将に案内された部屋は十二畳ほどあり、部屋の真ん中に重厚感のある黒いテーブルが置いてある。

「失礼します。お待たせして申し訳ありませんでした」

「単刀直入に言う」

すでに座っていたお父様は、私の存在を無視するように冷徹な声で切り出し、視線も交わらないまま続きを紡いだ。

「いくらでも用意するから湊と別れてくれ」

空気が凍りつくような声音が、閉ざされた部屋の中に響く。

どこまでも湊さんの想いや決意、私や翼の存在を蔑ろにする態度に、怒りが芽生えかけたけれど。

「それは……」

お父様と目が合った瞬間、その雰囲気が先日ほど冷徹なものじゃない気がして、ふっと冷静になれた。

「湊さんのお父様にもお考えがあるのは承知しています。ですから、すぐに認めていただけるとは思っていません」

「私は一生認める気はない」

「それでも、湊さんのご両親を邪険にしたくはありません。私も母親ですから、少しは親心を理解しているつもりですので」

話し合いが平行線になることは想定済みだし、これくらいで折れるつもりはない。

「私にできることはなんでもしたいと思っていますが、湊さんと翼を傷つけるような選択だけはなにがあってもしません。湊さんとは二度と離れないと約束したんです」

強い意志を持ってここに来た私は、自分の気持ちをしっかりと伝えた。

不思議と不安や恐怖心はなく、お父様と対峙しているのに心は落ち着いている。

「私が憎いのにそんな綺麗事を……。復讐すると言われた方がまだ信頼できる」

お父様は鼻先で笑うと、「くだらないな」とため息をついた。

「君では話にならない。やはり湊に話す」

再び視線が逸らされてしまい、帰宅を促されたことを悟る。

これ以上ここにいるわけにはいかず、程なくして静かに立ち上がった。

「最後にひとつだけよろしいですか」

疑問形のようでいてそうでない言い方をすれば、お父様が私を一瞥した。

「〝復讐〟ならこれからさせていただきます。あなたへの一番の復讐は、私たちが三人で幸せになることでしょう？　私は一生をかけて、それを成し遂げるつもりです」

お父様を真っ直ぐに見つめて迷いなく言い放つと、力ない微笑が零された。

「本当に話にならないな。もういい」

「失礼します」

顔を背けたお父様に頭を下げ、長い廊下を抜けて料亭を後にする。

深い藍色に染まった空には、下弦の半月が浮かんでいた。


「――父と？」

その夜、三人で川の字になったベッドで今日のことを報告すると、湊さんが目を丸くした。

彼はハッとして、翼が目を覚ましていないことを確認してから再び私を見た。

「どうして先に言ってくれなかったんだ？　いや、それよりも父になにかされなかったか？　きっと、ひどいことを言われただろ……」

「ううん。私も覚悟して行ったんだけど、意外とすぐに帰ることになったんだ。『別れてくれ』とは言われたけど、そんなにひどいことは言われなかったよ」

心配する彼に、「だから平気だよ」と微笑んでみせる。

「それどころか、私ちょっと反抗しちゃったかも」

「反抗？」

「うん。お父様に『三人で幸せになることが復讐だ』って感じのことを言ったんだ。でも……今思うと、神経を逆撫でする発言だよね……」

あの言葉は本心だし、後悔はしていない。

ただ、事態を悪化させたかもしれないという不安と反省はあって、それだけが気がかりだった。

「そんなことないよ」

ところが、湊さんは優しく微笑んでくれた。

「三人で幸せになることは、ある意味で一番の復讐だと思う。そのために幸せになるわけじゃないが、俺たちは三人ともこれまで以上に幸福でいるべきなんだ」

彼の手が、翼のお腹の上に置いていた私の手を摑み、そっと握る。

「だから、今よりももっともっと幸せになろう」

「うん」

その手を握り返して大きく頷けば、どちらからともなく顔を近づけて唇を重ねた。

「四年前にプロポーズをした日に籍を入れないか」

「え？」

「俺がプロポーズした日付、ちゃんと覚えてる？」

「もちろん！　九月六日でしょ？　私たちが付き合った記念日なんだから、忘れるはずがないよ。でも、まだ――」

「いいんだ」

湊さんのご両親が許してくれていないことを気にする私を、彼がさらりと遮ってしまう。次いで、柔らかな笑みを向けられた。

「誰がなんと言おうと、俺の気持ちも決意も変わらない。四年も待ったんだから、むしろ遅いくらいだよ」

「湊さん……」

「どうかな？」

湊さんと見つめ合ったまま微笑むと、視界がじわりと滲んだ。

喜びが大きすぎて、泣きたくないのに彼の顔が歪んでいく。

「そんなに素敵な提案を反対する理由なんてないよ」

なんとか笑ってみせれば、湊さんが顔をくしゃりと崩すように破顔した。

「これでやっと、美月を俺のお嫁さんにできる」

「うん……。やっと、湊さんのお嫁さんにしてもらえるね」

幸福感が溢れ出す。

まだすべてが解決したわけじゃないけれど、確かな幸せがここにある。

「幸せになろう、三人で」

「うん」

湊さんの言葉に大きく頷けば、彼は少しだけ体を乗り出すようにして私の唇にくちづけた。まるで、誓いのキスのように……。

顔を離せば視線が絡み合い、数秒後には再び唇を重ねた。

繋いだままの手の下にいる小さな天使は、今夜もよく眠っている。

その姿を見守る私たちは同じ温もりを感じているのだと思うと、幸福感がいっそう大きくなった。

＊＊＊

翌日の夜、善は急げとばかりに私の両親に報告に行った。

まだ両親と普通に話せるわけじゃない。

それでも、黙ったまま籍を入れるのは躊躇したから、湊さんが『ちゃんと報告に行こう』と提案してくれて嬉しかった。

両親は何度も謝罪を繰り返し、罪悪感を残したままの面持ちで私と彼を真っ直ぐ見つめ、『おめでとう』と言ってくれた。

私は上手く笑えなかったけれど、『ありがとう』とだけ返した。

本当は、両親の顔を見ると、また怒りや憎悪が湧くんじゃないかと怖かった。けれど、不思議とそんなことはなく、心は落ち着いてさえいた。

その理由は、たぶん私にも親心がわかるから。

両親が取った行動はやっぱり理解できないし、今はまだ快く許すことはできないものの、親として子どもを思う気持ちはとてもよくわかる。

両親が私や翼を大切にしてくれていたのも嘘ではないと思えるからこそ、以前のように真っ向から怒りや憎悪を感じることはなかった。

湊さんは多くは語らなかったけれど、両親の前で『美月さんと翼を大切にします』と約束し、翼と三人で実家を後にした。

帰りの車内では翼は眠ってしまい、私は運転中の彼を見ながら口を開いた。

「湊さんのご両親にも報告に行こうよ。今日は無理でも、せめて籍を入れる前にちゃんと話しておいた方がいいと思うから……」

「いや、どうせ父は認めてくれない。ただ、母と妹には話しておこうと思う」

湊さんに妹がいることは、前に付き合っていたときに聞いている。

彼の二歳下の妹――薫《かおる》さんには、四年前にはすでに婚約者がいて、今は婚約者だったその男性と結婚し、フランスのリヨンに住んでいるのだとか。

事故や湊さんの記憶のことは知っているものの、事故を起こしたのが彼の叔父であることは知らされていないらしく、いつか折を見て話すつもりでいるようだった。

「薫さんには電話で伝えるの？」

「ああ、そうするよ。先に母に話してからになるけどね」

「そのとき、私も一緒にいてもいい？」

「それはもちろん。でも、いいのか？」

「うん。湊さんだって私の両親にちゃんと話してくれたでしょ。だから……」

湊さんは私の言いたいことを汲み取るように微笑し、「ありがとう」と零した。

帰宅後、彼はお母様に電話をかけて会う約束を取りつけ、明日の夜に家に来てもらうことになった。


翌日の金曜日は、幸いにも仕事が早く終わり、急いで翼を迎えに行った。

私が帰った直後には湊さんも帰宅し、三十分もせずにお母様がやってきた。

「俺たち、九月六日に籍を入れることにした。父さんとは平行線のままだけど、それはもう気にしないことにする」

「そう……」

彼は早々に本題を切り出し、お母様はためらいを浮かべながらも小さく頷いた。

「今さらどんな言葉を尽くしても償えないけれど、本当にごめんなさい。私がもう少し早く、あの人に疑問を持っていれば……。湊にも美月さんにも、心から申し訳ないと思っているの……」

真剣な表情に罪悪感を覗かせたお母様は、きっと心底後悔しているのだろう。

それがわかるから、その言葉を受け入れないわけにはいかなかった。

「私からこんなことを言われても嬉しくないでしょうけれど……おめでとう。美月さん、湊のことをよろしくお願いします」

「お母様……」

「あの人も気難しいけれど、根が悪い人ではないのよ。ただ、ユウキのことを思うあまり、周囲が見えなくなることがあるの。……でも、これは言い訳にはならないわね」

お母様は「本当にごめんなさい」と噛みしめるように言い、頭を深く下げた。

「やめてくださいっ……！　そんな風に頭を下げないでください……！」

「そうだよ、母さん。翼の前だ」

りんごジュースを飲んでいた翼は、お母様を見てきょとんとした。

「あたらしいばぁば、どうしてごめんなさいするの？　じぃじとばぁばも、いっぱいごめんなさいしてたね。みんな、わるいことしたの？」

私の両親との話し合いの場にもいた翼は、色々と感じ取っているようだった。

「パパとママは、いいよっていわないの？　けんかしたら、なかなおりするんだよ」

「うん、そうだね」

子どものように、すぐに素直に許せないけれど……。幸せになりたいのなら、幸せになろうとしているのなら、きっといつまでも負の感情に囚われていてはいけない。

だから、今はまだやり切れない気持ちがあるけれど、私は笑みを浮かべた。

「お母様、もしよければ今度、翼と遊んでくださいませんか？」

「え……？」

「翼はミニカーと動物が好きで、今は湊さんにサッカーを教えてもらうのが楽しみなんです。そういう話、翼からたくさん聞いていただけませんか？」

「いいの……？　私はあの人の考えに尽くしてきたのよ……」

「はい。これからは、過去に囚われるよりも前を向いて生きていきたいんです」

「美月さん……」

「翼は、最初は人見知りするかもしれませんが、きっとたくさんお話がしたいと思います。翼、いっぱいお話したいんだよね？」

翼に笑顔を向ければ、翼は首を小さく縦に振った。

「うん。あのねぇ……つーくん、いっぱいおはなししたいんだけどね……。ばぁば、つーくんとあそびたい？」

もじもじしながらもお母様を見る翼は、緊張した様子で返事を待っている。

「ええ。おばあちゃん、翼くんとたくさんお話したいな。今度、翼くんのことをたくさん教えてくれるかしら？」

「うん！」

ぱあっと目を輝かせた翼が、嬉しそうに私に飛びついてくる。

「つーくん、ちゃんといえたよ！」

「うん、すごいね。頑張って言えたね」

翼をぎゅうっと抱きしめると、翼はキャッキャッと声を上げて笑った。

私たちを見ていた湊さんは、眉を下げながらも微笑んでいる。

彼の中にも複雑な気持ちが渦巻いていて、色々な葛藤を抱えているのだろう。

それでも、翼の言動が嬉しかったに違いない。

私たち三人の幸せは、まだ始まったばかり。

心に負った後悔や悲しみが大きくて、今は苦しいけれど……。翼の無邪気な笑顔を見ていると、これからもっと大きな幸福感に満たされていく予感がした——。

四、守り抜きたいもの　Ｓｉｄｅ　湊

夏の名残も消え、目に映る景色がすっかり秋めいた十月初旬。

美月と籍を入れてから一か月が経ち、翼と三人での生活もすっかり慣れた。

最初はどこか遠慮を見せていた翼も、最近ではすっかりリラックスしているのがわかり、俺に対して甘えることもグンと増えた。

わがままも言うようになり、彼女は少しばかり困っているようだが、今まで離れていた分も甘やかしたい俺の気持ちを汲んでくれているようでもある。

もっとも、あまりにも甘やかすと俺が怒られるため、さすがに最近では気をつけるようになったけれど……。

朝起きればすぐ隣で美月と翼が眠っていて、帰宅すると笑顔で出迎えてくれる。

夜には彼女とベッドを抜け出して、リビングや地下室でふたりきりで過ごしたあとに三人で並んで眠る。

そんな日々は穏やかで優しく、ようやく手に入れた唯一無二の幸福だった。

婚姻届は、予定通り九月六日の夜に提出した。

保証人の欄は、その二日前に蒼と理沙さんを自宅に招いて書いてもらい、改めてお互いの伴侶を紹介し合った。

ふたりは祝福の言葉をかけてくれたものの、蒼には『こういうことはもっと早く言えよ』と呆れられ、彼女にも『そうだよ』と同調されてしまった。

ただ、これまでの経緯は話していたこともあり、それが蒼なりの祝福と激励でもあるというのは伝わってきていた。

理沙さんに至っては、この日のために開けたワインを一杯も飲まないうちから感極まって泣き出してしまい、美月ももらい泣きする始末。

そんなふたりを優しく慰める翼は、三歳児にしてどこか男らしくも見えた。

この日は大好きな理沙さんに会えたことで大喜びだった翼だが、美月から聞いていた通り大人の男性には人見知りがひどく、蒼の前では隠れてばかりいた。

それでも、翼に優しく声をかけ続けてくれた蒼のおかげで、翼は次第に笑顔を見せるようになり、最終的には蒼のことを気に入ったようだった。

今年いっぱいでCEOを辞任するつもりでいる俺は、今は仕事に追われているが、落ち着いたら改めて蒼と理沙さんにお礼がしたい。

きっと、ふたりは喜んでくれるだろう。

＊＊＊

翌週、池垣の訃報が届いた。

葬儀に足を運ぶと、彼の妻から一通の手紙を渡され、頭を深々と下げられた。

そこにはたった一行、【申し訳ございませんでした】とだけ書かれていた。

晩年の池垣は、きっともう手に力が入らなかったのだろう。秘書をしていたときには美しい字を書いていたとは思えないほど、綴られた文字はガタガタだった。

手紙に思いを残すというのが池垣らしく、それでいて彼のプライドが見えた。

父に忠誠を誓うがごとくユウキに尽くしてきた池垣には、他に選択肢がなかったのもわからないでもない。

彼には彼なりの、誇りと正義があったのだろう。

許すか許せないかではなく、今はそういうものだと受け入れている。

手紙を受け取る前からそうだったが、手紙を読んだことによっていっそう心の整理はついた――。

それから三日後。

終業時刻をとうに過ぎた時間帯に、父から呼び出された。

俺の家で話して以来、父は何度か美月と別れるように言ってきたが、俺が一向に取り合わないからか、この半月ほどはなにも言われなくなっていた。

もちろん、仕事上では顔を突き合わせて会話をすることもあるが、プライベートな話に及ぶことはない。

職場では、互いに公私を切り離すようにしているからだ。

「お呼びでしょうか」

ただ、こんな時間に呼び出された以上、今夜はそういうわけでもないのだろう。

「……リゾート婚の収益が落ちているな」

そんな気持ちを抱え、同じフロアの最奥にあるユウキコーポレーションCEO室を訪ねると、静かに切り出された。

近年、リゾート婚の収益は落ち込み気味ではある。

数年前まではハワイやグアムといった海外リゾート地が人気だったため、収益が大きかったが、ここ最近は沖縄がその人気を凌いでいる。

主な理由としては、リゾート地としての美しい景観を楽しめること、それでいて国内であるためにパスポートが不要なこと、ゲストの負担が少ないことなどだろう。

双方の両親が海外婚を渋るケースも少なくはないため、リゾート婚を希望する新郎新婦としては沖縄という立地が好条件になる。

今は旅行先としても人気のようだが、リゾート婚でも同じだった。

ここ数年、国内外の結婚式の予約の推移を見れば、ハウスウェディングの人気が高まり、リゾート婚なら沖縄が選ばれているのは一目瞭然である。

「そうですね。特にここ二年は、海外で挙げるケースが少しずつ減り、リゾート婚の収益は下がる一方ではあります」

「これをどう考える」

「ユウキの今後の強みはハウスウェディングになるでしょうが、その上でリゾート婚にもなにかしらの仕掛けを作るべきですね」

他人事のような言い方になってしまうのは、ユウキウェディングのＣＥＯを辞任する俺にこの問題を解決する時間はないからだ。

残り三か月もない今、さすがに手の打ちようがない。

中途半端なことはできないため、今後の課題として引き継ぐほかなかった。

「そうか。……お前ならどう考える？」

「あくまで私個人の見解ですが、リゾート婚とは別に、〝バウ・リニューアル〟に力を入れてみるのはどうかと考えています」

「別の部分で収益を上げるということか」

小さく頷けば、父はしばらく考えるように押し黙った。

バウ・リニューアルとは、もとは欧米の文化である。

日本ではまだあまり根付いていないが、『誓いの更新』という意味を持ち、夫婦が結婚記念日や節目などに改めて愛を誓い合うというものだ。

長い年月を重ねた記念や、お互いへの愛を確認し合うセレモニーを、あくまで結婚式ではなく儀式として行う。

国内では芸能人がたまにバウ・リニューアルをしたとSNSに上げているが、欧米のように文化になっているわけではないため、知らない人の方が多いだろう。

けれど、SNSが普及した昨今では、いつなにが起爆剤になるかはわからない。

リーズナブルなコースを作ったり、家族のお祝い事として宣伝したりと、上手くプロデュースすれば、きっと興味を持つ人は一定数いるに違いない。

たとえば、子どもの七五三や入学、卒業や成人などに合わせれば、家族にとってそれらの慶事がより素晴らしい思い出になるはずだ。

そんな風に説明する間、父は俺を真っ直ぐ見つめていた。

「……他にお話がないようでしたら、私はこれで失礼します」

しばらく待っても返事がないことにわずかに困惑し、頭を下げて踵を返す。

「あの子はお前に似ているな」

すると、父がぽつりと零した。

思わず瞠目したのは、父が翼のことに対してそういう言い方をしたことが一度もなかったからだ。

振り返った俺の目に映る父の顔には、いつもあらわにしていた憎悪や冷徹さはなく、どこか力なく微笑を漏らした。

「あの娘は見かけによらず気の強い女だ。一生をかけて幸せになることが復讐だとは考えもしなかった……」

美月の言葉は、それほど父の心を動かしたのだろうか。

恐らく、母にも色々と言われたに違いないが、それでも彼女の言葉が心に残っているのも事実だろう。

俺は誇らしさを感じ、瞳を緩めて口角を上げた。

「俺の人生で愛した、たったひとりの女性ですから。いい女に決まってる」

迷いなく言い切れば、父がなんとも形容しがたい面持ちになり、なにかを諦めるように深いため息をついた。

「ユウキウェディングには優秀なＣＥＯが必要だ。今のお前以上の人選はない」

それは、ＣＥＯを続投するように言われているのも同然だった。

同時に、遠回しではあるが、『結婚を認める』ということでもあると気づく。

戸惑いを浮かべて立ち尽くしながらも、胸を突き上げるものがあった。

本心ではユウキウェディングを捨て切れない気持ちも、このままＣＥＯを辞任してしまうことへの葛藤も少なからず残っていたから……。

ただ、これですべてが丸く収まるわけではない。

「それでも、俺はあなたを許せない」

俺の中にある怒りも憎悪もまだ消えず、許す方法がわからないからだ。

「こんなことで許せる程度の気持ちで結婚したのなら、ますます認められないな」

減らず口を叩く父は、どこまでも気難しく素直ではない人だ。

そう思う一方、父らしくない姿にはわずかながらも反省の色が見える。

どうしたって許せないと思う反面、返す言葉が見つからなかった。

「あの日のお前の言葉が、こんなにも堪えるとは思いもしなかった……」

そんな俺の前で自嘲混じりに笑った父に、声も出せずに目を見開く。

いったい俺のどの言葉が父にこんなことを言わせたのかはわからないが、冷酷だった父にも人の心が残っていたのか……と驚き、なにも言えなかった。


その夜は、美月がホットショコラを淹れてくれた。

普段は出されない飲み物を見て不思議に思うと、彼女は「たまには甘いものもいいでしょ」と微笑んだ。

相槌を打ってから数時間前の出来事を話せば、美月は柔らかい笑みを湛えた。

「湊さんがユウキウェディングを辞めずに済んでよかった……。だって、本当は辞めたくなかったでしょ？　それに、お父様とも和解に近づいてるなら嬉しいよ」

真っ直ぐな目で俺を見たその面持ちには、安堵と喜びを混じらせている。

両家の両親を上手く許すことができない俺に反し、彼女は少しずつ許し始めているようだ。それを感じているからこそ、自分の狭量さにうんざりしそうになる。

そんな気持ちを隠し、「ありがとう」とだけ返した。

「それから、美月の不当解雇のことなんだが……」

「え？」

「事故は叔父が企てたが、美月の解雇については父を法的に訴えることはできるはずなんだ。だから、美月が望むならそうしたいと思ってる」

通常、不当解雇で慰謝料や退職金を求めて訴えることができるのは三年以内だが、不当解雇であったという主張だけなら三年以内でなくてもいいのだとか。

美月の場合、人員整理だと聞かされていたものがそうではなかったこと、事故や記憶喪失の件もあり、なにかしら慰謝料を求める方法があるかもしれない。

それが無理でも、訴訟を起こすこと自体は可能なようだった。

ところが、彼女はかぶりを振ってから微笑んだ。

「ううん。私、そういうことは考えてないんだ」

どこか吹っ切れたような美月に対し、ますます自身の狭量さが浮き彫りになる。

「美月は、あれほどひどいことをした両親たちを許し始めていてすごいな」

自嘲を混ぜて苦笑すれば、彼女は目を伏せて首を横に振ったあとで、柔らかな笑みを浮かべた。

「湊さんが傍にいてくれるから」

大きな瞳が俺を見据え、揺るぎのない強さを覗かせる。

「私にとって湊さんと翼を失うこと以上に怖いことはないし、これからは三人でもっと幸せになりたい」

強い意志を込めた口調は、美しく咲き誇る花のように凛としていた。

「だから、私は恨み辛みなんていう悲しい感情に囚われ続けるより、湊さんと翼と一緒に感じられる幸せを大切にしたいと思うの」

真っ直ぐで、芯があって、清廉で。美月は今も、出会った頃のままだ。

「ただ、それは湊さんが傍にいてくれるから思えることであって、私ひとりなら憎しみを抱いたまま生きていたかもしれない……」

そう話した彼女の笑顔は強く美しく、胸の奥が戦慄くほどに心を打たれた。

愛おしさが胸を突き上げ、美月への想いがよりいっそう大きくなる。

これ以上はもう、好きになれないほどの恋情を抱えていると思っていたのに、それはまだとどまることを知らずに膨らんでいく。

彼女に見合う男なのかと問われれば、俺にはまだ足りないものだらけだろう。

涙脆いところや弱いところもあるかと思えば、美月は驚くほど凛とした強さを持ち合わせている。

そんな彼女の隣にいると、俺の方が心を大きく突き動かされる。

傍にいてくれることで救われたのは、きっと俺の方だ。

美月と翼——愛するふたりが傍にいてくれるからこそ、俺は醜い憎悪に呑み込まれずに済んでいるに違いない。

彼女のように今すぐに許せなくても、ふたりに恥じない人間でいたい。

翼にとって、胸を張れる父親でいたい。

この気持ちがあれば、俺の心に居座っている負の感情に打ち勝てるだろうか。

簡単ではないだろうが、そう遠くない未来に少しくらいは変われる気がした。

「湊さん？」

俺を見上げるようにした美月の顎を左手で掬い上げ、唇にそっとくちづける。

唇を食んだキスは、匂いも味も甘ったるくて。ゆっくり、ゆっくりと、俺の理性を溶かしてくる。

「美月、抱きたい」

彼女の耳元で低く囁けば、滑らかな頬が朱に染まる。

表情を見るだけで、答えは訊かなくてもわかった。

その瞬間、一秒だって惜しくなり、美月を抱き上げてゲストルームに移動した。

彼女を下ろすよりも早く再びキスを交わし、絡み合うように白いシーツが張られたベッドに倒れ込む。

美月の身を隠すサテン生地のルームウェアを剝ぎながら、唇に何度もくちづける。

額や頰、こめかみや瞼、鼻先に唇を落としていても、すぐに柔らかな薄桃色の唇が恋しくなって戻ってしまう。

唇をすり合わせ、舌を搦め取れば、キスが深くなるのはあっという間だった。

呼吸ごと奪い尽くすようなくちづけに、彼女が悩ましげな吐息を漏らす。

同時に零れる甘やかな声に、頭の隅で理性が焼き切れる音がした。

唇も、肌も、爪も、髪の一本だって、美月のすべては俺のものだと主張したい。

俺のすべては彼女のものであるように、甘美な吐息すらも奪い、ひとつに溶けてしまいたい。

子どもじみた独占欲を主張するがごとく、体の境界線がわからなくなるほどに美月をきつく抱きすくめれば、彼女の香りが鼻先をくすぐってくる。

刹那、突き上げてくる愛おしさで心が大きく震え、涙が零れそうになった――。


ダウンライトに照らされたゲストルームのベッドで、そろそろこの部屋を美月の自室にしようと考えていた。

今は俺の寝室のベッドで三人で眠り、彼女と翼の荷物は別室に置いてそこを自由に使ってもらっているけれど、なにかと不便なこともあるだろう。

ここ最近は忙しくてそこまで手が回らず、不満ひとつ漏らさない美月に甘えていたものの、近いうちに彼女が過ごしやすいように部屋を整えようと決める。

今後のために子ども部屋も作るつもりだし、大掛かりな模様替えになりそうだ。

「そういえばさ、ひとつ訊いてもいい？」

ようやくして呼吸が整った美月を見れば、彼女が「うん」と微笑んだ。

「翼の名前って、どんな風に決めたんだ？」

ずっと疑問に思っていたことを尋ねる俺に、美月が眉を下げる。

その表情をどう受け止めていいのかわからなくて、彼女の答えを待つことしかできなかった。

事故の直前、『子どもが生まれたら』という話をしていたことも、そのときに俺が『男の子なら翼はどうだろう』と言ったことも、今の美月は覚えているだろう。

ただ、翼が生まれたとき、彼女は俺とのことは一切忘れていた。

にもかかわらず、美月があのときに話していた通りに翼と名付けたことが、とても不思議だったのだ。

「ごめんね」

「え？」

「悲しいけど、記憶が戻るまで湊さんとの会話も思い出せなかったの……」

それは彼女のせいではない。

事故は叔父の陰謀だったとしても、記憶を失くしてしまったのは不幸な偶然だったとしか言いようがない。それに、俺も同じように忘れていたのだから。

「でもね」

そんな気持ちで首を横に振った俺に、美月が瞳を柔らかく緩めた。

「翼を初めてこの腕で抱いたとき、『この子の名前は翼にする』って強く思ったの。それまで名付けの本を読んだりネットで検索したりしても、どれもピンとこなかったのに、一目見た瞬間に『翼がいい』って……」

当時のことを思い出すように目を細める彼女は、まるで花が綻ぶように笑った。

「翼の父親が誰なのかわからなくても、湊さんのことを忘れてしまってても、心の奥底では湊さんの存在があったんだと思う」

まばゆいほどの笑顔が、胸の奥を優しく締めつける。

「私は記憶を失くしてたときだって、きっと湊さんのことを想ってたんだよ」

それはまるで無償の愛を与えられたようで、目頭に熱が広がるほどに感極まった。

「美月」

震えそうな声をごまかすために息を吐き、美月の体をぎゅうっと抱きしめる。

「君が思うよりもずっと、俺は君を愛してるよ」

「湊さん……」

「だから、この先なにがあっても、君だけは離さない」

「うんっ……！」

「それから、もちろん翼のことも」

溢れんばかりの想いを紡げば、彼女が幸せいっぱいに破顔する。

俺にとって、美月と翼以上に大切な存在はない。

改めてそう強く感じた今、未来永劫どんなことがあってもふたりを守り抜いていこう……と、幸福感に満ちた心に強く誓った──。

エピローグ

秋が去り、冬が駆け抜けていき、春を感じるようになった夕刻。

三月も半分以上が過ぎた金曜日の今日は、よく晴れた一日だった。

湊さんと籍を入れて半年が経ち、それぞれの両親とは壁があるものの、ようやく少しずつ交流を持つようになったところだ。

両親とはまだぎこちないなりに定期的に会っているし、湊さんのお母様とは連絡先を交換し、彼と翼とともに何度か結城家にも伺った。

先日は、ついにお父様も同席してくださり、少しだけ会話もできた。

お母様の言う通り、お父様は気難しい人のようで、笑顔らしい笑顔は一度も見たことがない。けれど、悪い人ではないのはなんとなくわかる。

冷酷な雰囲気を纏っていても、視線はずっと翼のことを追っていたし、翼が『じぃじ』と呼べば気まずそうにしつつも返事をしてくれていたからだ。

湊さんの話では、数日前に『結婚式はいつにするんだ』と訊かれたみたいで、お父様なりに歩み寄ろうとしてくれているのだろうとも思う。

もっとも、『ユウキウェディングのＣＥＯが式を挙げないわけにはいかないから仕方ない』とも言われたらしいけれど。

彼は『本当に気難しい人だ』と苦笑しつつも、ほんの少しだけ嬉しそうだった。

そういうわけで、今は結婚式の日取りを調整している。

ただ、今日は予想外のことが発覚してしてしまい、そのせいでいっそう日取りの調整が難しくなりそうだった。

膨らみ始めた桜の蕾を見つめながら、どう切り出そうかと悩んでしまう。

反して、込み上げる喜びも隠せなくて、私は笑顔で翼が待つ保育園に急いだ。

「ただいま」

湊さんからの【今から帰るよ】というメッセージが届いた直後から、彼の帰宅を心待ちにしていた翼が玄関に走っていく。

「パパ、おかえり！」

そのままの勢いで飛びついた翼を、湊さんは片手で軽々と受け止める。

そんな光景に自然と笑みが零れ、「おかえりなさい」と言って彼を出迎えた。

「パパ、きょうはごちそうなんだよ！」

「ご馳走？　今日ってなにかあった？」

翼の言葉に首を傾げた湊さんが、不思議そうに私を見てくる。

そんな彼に意味深な笑みを返したあと、ご馳走を並べたリビングに促した。

煮込みハンバーグ、生のとうもろこしを使ったポタージュ、色とりどりの温野菜のマリネ、マカロニサラダ、いちごがたっぷりのホールケーキ。

それらを前にした湊さんが、目を小さく見開いた。

「ホールケーキまで用意するなんて、いいことでもあった？」

「うん。とっても特別なことがあったんだ」

そっと取った彼の手を自分のお腹に当てて、満面の笑みで口を開く。

「ここに、湊さんと私の赤ちゃんがいるの」

刹那、湊さんは瞠目したかと思うと、そのまま放心するように言葉を失った。

彼の隣に立っている翼が、私を見上げてくる。

「ママ……おなかにあかちゃんいるの？」

「うん」

「つーくん、おにいちゃんになるの!?」

「そうだよ。まだずっと先だけど、翼に弟か妹ができるんだよ」

「わあっ……！　やったー！」

目をキラキラと輝かせた翼は、喜びを噛みしめるように大きく飛び跳ねた。反して、未だに放心している様子の湊さんを見上げたとき。

「きゃっ……！」

彼は私の体を引き寄せ、ぎゅううっ……と抱きしめた。

「ごめん……。嬉しいのに、言葉にならないんだ……っ」

湊さんの声は震えていて、そっと体を離して顔を上げると、彼の瞳にはうっすらと涙が浮かんでいた。

その表情に胸が詰まり、ほんの一瞬でつられてしまう。

あっという間に視界が滲んで、眦から溢れた雫が頬を伝った。

湊さんはきっと、記憶が戻ってから私以上に苦しんだに違いない。

事故と記憶喪失、そして叔父とお父様のせいで、彼は私が妊娠したときも翼が生まれたときも傍にいられなかった。

翼の成長をずっと見てきた私とは違って、湊さんの中には翼と一緒に過ごした思い出は最近のものしかなく、彼は翼の成長を間近で見る機会も奪われてしまっていた。

ずっと翼と一緒に生きてきた私は、育児のつらさ以上に親として感じられる幸せがたくさんあることを知っている。

けれど、湊さんはそんなことも味わえなかったのだ。

彼の心情を思えば、その悲しみや絶望感は計り知れない。

「湊さん」

ただ、今度は違う。

ずっと傍にいられる。

赤ちゃんの成長を、湊さんと私と翼の三人で見守り、幸せを分かち合えるのだ。

「今度はずっと一緒にいられるんだよ。湊さんと私の赤ちゃんが生まれたら、一番に抱っこしてあげてね」

私たちの記憶が戻る前に私が翼にもらった抱え切れないほどの幸福を、彼にも少しでもたくさん知ってほしい。

そんな気持ちで湊さんを見つめれば、彼の瞳から雫が零れ落ちた。

「ありがとう」

「私の方こそありがとう」

笑顔で同じ言葉を返し、湊さんの頬にそっと手を添える。

「湊さんと出会えて、再会したあなたとまた恋に堕ちて、私は幸せだよ」

ありったけの想いを唱えると、彼の瞳が弧を描き、艶麗な笑みを向けられた。

まだはしゃいでいる翼を横目に見つめ合う私たちは、どちらからともなく顔を近づけ、触れるだけのキスを交わす。

「あぁーっ！　パパだけママとなかよしなの、ずるーいっ！」

直後、目ざとい翼が抱き合う私たちの間に割って入り、私に抱きついた。

翼の可愛いやきもちに、ふたりで噴き出してしまう。

「翼、パパもママにギュッってしたいんだけど」

「パパはいまチューしたからダメ！　つーくんのほうが、ママのことすきだもん！」

「パパは、翼もママも大好きだよ。ふたりのことは世界で一番愛してるんだ」

「ふぅん……。じゃあ、つーくんのつぎにママにギュッってしていいよ」

満更でもなさそうな翼に、湊さんが幸せいっぱいに破顔する。

彼の笑顔に高鳴った胸の奥が、優しい温もりと至上の幸福で満ちていく。

窓の向こうに見える夜空には、美しい満月が光り輝いていた――。

番外編『幸せの鼓動』Side 湊

「あ、また動いた」

ソファに座っている美月の声で、俺と翼が勢いよく振り返る。

「ママ、あかちゃん、うごいたの!? はやくおなかさわらせて！」

ラグの上でミニカーを広げていた翼が慌てて立ち上がって駆け出し、俺も急いで彼女の傍に行った。

翼とふたりで美月を挟むようにしてソファに腰掛け、少しずつ目立つようになってきた彼女の腹部に触れてみる。

「……遅かったか」

肩を落とす俺の前で、翼は美月の腹部に耳を当てた。

「……うーん……あかちゃんのおと、しないねぇ」

彼女は一か月ほど前から胎動を感じるようになったらしいが、俺と翼はまだその感覚を知らない。俺たちは、病院で心音を聞いたことがあるだけなのだ。

「もう少ししたら、きっとふたりも胎動を感じられるようになるよ」

俺と翼を交互に見た美月が、微笑みながら俺たちの手に自分の手を重ねる。

直後、ポコッとしたような振動が手のひらに伝わって……。

「あっ……!!」

俺たち三人の声が綺麗に重なった。

「美月、今……!」

「ママ、いまのあかちゃん!? ママのおなかのおとじゃない!?」

驚きと興奮を隠せない俺と翼に、彼女がクスクスと笑う。

初めて胎動を感じた。伝わってきた感覚はとてもささやかなもので、きっとその存在はまだ弱々しくて……。けれど、確かに命の音がした。

目頭が熱くなって鼻の奥がじんと痺れ、感極まって視界が滲みそうになる。

「うん、赤ちゃんが動いたね。きっと、ふたりのことがわかったんだよ」

慈愛に満ちた美月の表情と優しい時間に胸が詰まり、一瞬遅れて笑みが零れた。

今夜感じた幸せの鼓動を、俺は生涯忘れないだろう——。

END

あとがき

『目覚めたら、ママになっていました～一途な社長に子どもごと愛し尽くされています～』をお手に取ってくださり、本当にありがとうございます。河野美姫《かわのみき》です。

今作のプロットを提出するにあたり、編集部様から「ベビーものはいかがですか？」とご依頼をいただき、とうとう来たか……という気持ちになったのが昨春のこと。ずっと挑戦してみたいと温めていた企画があった反面、ベビーものはハードルが高いイメージがあったので、無理かもしれない……と思ったのはここだけの秘密です。

ところが、初稿を書き始めてみたら楽しくて、遅筆なわりには書きたいことがどんどん浮かび、寝ても覚めてもこの作品のことばかり考えていた気がします。

もちろん、ベビーものならではの悩みはありましたし、苦手な時系列では恒例のように首を捻り、どんな風に書けば切なさと甘さを上手く出し切れるか……などなどたくさん頭を抱えましたが、今となってはすべていい思い出です。

欲を言えば、前作『離婚予定の契約妻ですが、旦那様に独占欲を注がれています』

もマーマレード文庫様の著書の中では切なめなストーリーでしたが、今回はまた違ったシリアスさのある内容だったため、甘いシーンが書き足りない気もします（笑）。

それでも、エンディングはとても愛おしいものになったと思っています。


今作でも細やかにご指南くださった担当様、七度目のご縁をくださいましたマーマレード文庫様、本当にありがとうございます。

表紙を担当してくださった、ワカツキ先生。三人の表情が本当に素敵で、美麗でありながら温かい雰囲気を感じられるイラストを描いていただき、感動しました。「背景に満月を」というリクエストも聞いてくださり、心よりお礼申し上げます。

そして、最後になりましたが、いつも応援してくださっている皆様と今これを読んでくださっているあなたに、精一杯の感謝を込めて。

本当にありがとうございました。

またどこかでお会いできることを、心から願っています――。

河野美姫

マーマレード文庫

目覚めたら、ママになっていました
～一途な社長に子どもごと愛し尽くされています～

2022年6月15日　第1刷発行　定価はカバーに表示してあります

著者　河野美姫　©MIKI KAWANO 2022
編集　株式会社エースクリエイター
発行人　鈴木幸辰
発行所　株式会社ハーパーコリンズ・ジャパン
東京都千代田区大手町1-5-1
電話　03-6269-2883（営業）
0570-008091（読者サービス係）
印刷・製本　中央精版印刷株式会社

Printed in Japan ©K.K. HarperCollins Japan 2022
ISBN-978-4-596-70834-2

m a r m a l a d e b u n k o